120周岁诞辰
·插图纪念版·

梁实秋 著

快乐就是哈哈哈哈哈

中国 友谊出版公司

目录

辑一　一个生动的人，他有喜悦和哀愁

闲暇 …………………………… 002

生病与吃药 …………………… 006

旅行 …………………………… 010

悲观 …………………………… 016

厌恶女性者 …………………… 020

骂人的艺术 …………………… 024

流行的谬论 …………………… 032

谈话的艺术 …………………… 042

废话 …………………………… 048

穷 ……………………………… 052

钱 ……………………………… 058

辑二 | 生活，就是要活得热热闹闹

吸烟 ···················· 066

戒烟 ···················· 072

饮酒 ···················· 076

懒 ······················ 082

病 ······················ 088

聋 ······················ 094

健忘 ···················· 100

理发 ···················· 106

职业 ···················· 112

退休 ···················· 118

辑三 | 人生毕竟是非常可爱的啊

蚊子与苍蝇 ············ 126

老憨看跳舞 ············ 130

奖券 ···················· 134

是热了 ················· 138

父母的爱 ·············· 142

为什么不说实话 ······ 146

辑四 | 我对生活有诸多意见

谦让 ················· 152

请客 ················· 156

送礼 ················· 162

讲价 ················· 168

守时 ················· 174

排队 ················· 180

代沟 ················· 186

洋罪 ················· 192

包装 ················· 198

吃相 ················· 204

幸灾乐祸 ············· 210

让他的魅力,
像水深下去,像山高起来。

辑一

一个生动的人,
他有喜悦和哀愁

闲暇

01

做「人的工作」需要有闲暇。所谓闲暇,不是饱食终日无所用心之谓,是免于蚂蚁、蜜蜂般的工作之谓。

* * * * *

* * * * *

英国十八世纪的笛福,以《鲁滨孙漂流记》一书闻名于世,其实他写小说是在近六十岁才开始的,他以前的几十年写作差不多全是以新闻记者的身份所写的散文。最早的一本书 1697 年刊行的《设计杂谈》(*An Essay upon Projects*)是一部逸趣横生的奇书,我现在不预备介绍此书的内容,我只要引其中的一段话:

> 人乃是上帝所创造的最不善于谋生的动物;没有别的一种动物曾经饿死过;外界的大自然给它们预备了衣与食;内心的自然本性给它们安设了一种本能,永远会指导它们设法谋取衣食。但是人必须工作,否则就挨饿,必须做奴役,否则就得死;他固然是有理性指导他,很少人服从理性指导而沦于这样不幸的状态;但是一个人年轻时犯了错误,以致后来颠沛困苦,没有钱,没有朋友,没有健康,他只好死于沟壑,或是死于一个更恶劣的地方,医院。

这一段话,不可以就表面字义上去了解,须知笛福是一位"反语"大师,他惯说反话。人为万物之灵,谁不知道?事实上在自然界里一大批一大批饿死的是禽兽,不是人。人要适合于理性的生活,要改善生活状态,所以才要工作。笛福本人是工作极为勤奋的人,他办刊物、写文章、做生意,从军又服官,一生忙个不停。就是在这本《设计杂谈》里,他也提出了许多高瞻远瞩的计划,像预言一般后来都一一实现了。

人辛勤困苦地工作,所为何来?夙兴夜寐,胼手胝足,如果纯是为了温饱像蚂蚁蜜蜂一样,那又何贵乎做人?想起罗马皇帝马可·奥勒留的一段话:

在天亮的时候,如果你懒得起床,要随时作如是想:"我要起来,去做一个人的工作。"我生来就是为了做那工作的,我来到世间就是为了做那工作的,那么现在就去做工作又有什么可怨的呢?我既是为了这工作而生的,那么我应该蜷卧在被窝里取暖吗?"被窝里较为舒适呀。"那么你是生来为了享乐的吗?简言之,我且问汝,你是被动的还是主动的要有所作为?试想每一个小的植物,每一小鸟、蚂蚁、蜘蛛、蜜蜂,它们是如何地勤于操作,如何地克尽厥职,以组成一个有秩序的宇宙。那么你可以拒绝去做一个人的工作吗?自然命令你做的事还不赶快地去做吗?"但是一些休息也是必要的呀。"这我不否认。但是根据自然之道,这也要有个限制,犹如饮食一般。你已经超过限制了,你已经超过足够的限量了。但是讲到工作你却不如此了,多做一点你也不肯。

这一段策励自己勉力工作的话，足以发人深省，其中"以组成一个有秩序的宇宙"一语至堪玩味，使我们不能不想起古罗马的文明秩序是建立在奴隶制度之上的。有劳苦的大众在那里辛勤地操作，解决了大家的生活问题，然后少数的上层社会人士才有闲暇去做"人的工作"。做"人的工作"需要有闲暇。所谓闲暇，不是饱食终日无所用心之谓，是免于蚂蚁、蜜蜂般的工作之谓。养尊处优，嬉邀惰慢，那是蚂蚁、蜜蜂之不如，还能算人！靠了逢迎当道，甚至为虎作伥，而猎取一官半职或是分享一些残羹冷炙，那是帮闲或是帮凶，都不是人的工作。奥勒留推崇工作之必要，话是不错，但勤于操作亦应有个限度，不能像蚂蚁、蜜蜂那样地工作。劳动是必需的，但劳动不应该是终极的目标，而且劳动亦不应该由一部分负担而令另一部分坐享其成果。

人类最高理想应该是人人能有闲暇，于必须的工作之余还能有闲暇去做人，有闲暇去做人的工作，去享受人的生活。我们应该希望人人都能属于"有闲阶级"。有闲阶级如能普及于全人类，那便不复是罪恶。人在有闲的时候才最像是一个人。手脚相当闲，头脑才能相应地忙起来。我们并不向往六朝人那样萧然若神仙的样子，我们却企盼人人都能有闲去发展他的智慧与才能。

生病与吃药

我的主张是:

(一) 最好不是人;

(二) 次好是是人而不生病……

＊　　＊　　＊　　＊　　＊

　　＊　　＊　　＊　　＊　　＊

不幸生而为人，于是难免要生病。所以，人生的几大关键，生、老、病、死，病也要算其中之一。一般受资本家压迫的人，往往感觉到生病之不应该，以为病是应该生在有钱人的身上。其实病之于人，大公无私，初无取舍，张三的臀部可以生疮，李四的嘴边也许就同时长疔，谁也说不定。不过这吃药的问题，倒不是人人能谈得到的。你说，我病了应该吃药，请你借我几个钱买药，你就许摇头。所以说，病是人人可生，而药非人人得吃也。

听说药有中西之分。听说又有所谓医院者，病人进去之后，有时候也可以治好病。然而医院的资本听说非常之大，所以住院要比住旅馆还贵一点儿。又尝听说，这个病人死后的开销，有时候就算在那一个人活着时候的账上……这都是道听途说，我生性不好冒险，所以也不知是真是假。

没吃过猪肉的人也许见过猪走；我没住过医院，然亦深知医院必须喝药水矣。这就是与我们中医异趣了。我们中医大概都秉性忠厚一些，绝不肯打下一针去就让你死去活来，他会今天给你两钱甘草，明天开上三分麦冬，如若你要受罪，他能让你慢慢地受，给你留出从容预备后事的工夫，这便是中医的慈善处。中医之所以历数千年而弗替者，其在是乎？

生病吃药，好像是天经地义矣，其实病的好与不好，不必在药之吃与不吃。但是做医生的人，纵或不盼望你常生病，至少也要希望你病了之后去求他开个方子。开了方子之后，你当然不免要到药店买药。做药房生意的人，是最慈悲不过的，时常替病人想省钱的方法。例如鱼肝油是补养的，而你新从乡下来不曾知道，或者就许到一位德医先生处去领教，德医给你试了体温，仔细研究，曰："可以吃鱼肝油矣！"你除了买鱼肝油之外，还要孝敬德医几块。卖药的人，看了这种情形，心中大是不忍，觉得病人药是要买的，而医则大可不必去看。于是他们便借重所谓报纸者，登他一假广告，告诉你什么什么丸包治百病，什么什么机百病包治，什么什么膏能让你不生毛的地方生毛，什么什么水能让你长毛的地方不长毛。只要你留心看报，按图索骥，任凭你生什么稀奇古怪的病，报上就有什么稀奇古怪的药。你买一回药，若不见效，那是因为药性温和了一点，再买点试试看，总有你幸占勿药的一天。住在上海的人可别生病。不是为别的，是因为上海的医生太多，并且个个都好，有新从德国得博士的赵医士，有久留东洋的钱医士，有在某某学校卒业几乎和到过德国一样的孙医士，还有那诸医束手我能医的李医士，良医遍天下，你将何去何从呢？假如你不肯有所偏倚，你只得在这无数良医的门前犹豫徘徊逡巡，就在犹豫徘徊之间,你的病也许就发生变动了。

所以,我的主张是:(一)最好不是人;(二)次好是是人而不生病;(三)再次好是不在上海生病;(四)再次好是在上海生病而不吃药;(五)再次好是在上海生病吃药而不就医;(六)再次好只有希望在下世。我的上面这六个主张,能倒着次序完全做到!

旅行 ③

说穿了「太阳下没有新鲜事物」。号称山川形胜,还不是几堆石头一汪子水?

我们中国人是最怕旅行的一个民族。闹饥荒的时候都不肯轻易逃荒，宁愿在家乡吃青草啃树皮吞观音土，生怕离乡背井之后，在旅行中流为饿殍，失掉最后的权益——寿终正寝。至于席丰履厚的人更不愿轻举妄动，墙上挂一张图画，看看就可以当"卧游"，所谓"一动不如一静"。说穿了"太阳下没有新鲜事物"。号称山川形胜，还不是几堆石头一汪子水？我记得做小学生的时候，郊外踏青，是一桩心跳的事，多早就筹备，起个大早，排成队伍，擎着校旗，鼓乐前导，事后下星期还得作一篇《远足记》，才算功德圆满。旅行一次是如此的庄严！我的外祖母，一生住在杭州城内，八十多岁，没有逛过一次西湖，最后总算去了一次，但是自己不能行走，抬到了西湖，就没有再回来——葬在湖边山上。

　　古人云："一生能着几两屐？"这是劝人及时行乐，莫怕多费几双鞋。但是旅行果然是一桩乐事吗？其中是否含着有多少苦恼的成分呢？

出门要带行李，那一个几十斤重的五花大绑的铺盖卷儿便是旅行者的第一道难关。要捆得紧，要捆得俏，要四四方方，要见棱见角，与稀松露馅的大包袱要迥异其趣，这已经就不是一个手无缚鸡之力的人所能胜任的了。关卡上偏有好奇人要打开看看，看完之后便很难得再复原。"乘兴而来，兴尽而返。"很多人在打完铺盖卷儿之后就觉得游兴已尽了。在某些国度里，旅行是不需要携带铺盖的，好像凡是有床的地方就有被褥，有被褥的地方就有随时洗换的被单——旅客可以无牵无挂，不必像蜗牛似的顶着安身的家伙走路。携带铺盖究竟还容易办得到，但是没听说过带着床旅行的，天下的床很少没有臭虫设备的。我很怀疑一个人于整夜输血之后，第二天还有多少精神游山逛水。我有一个朋友发明了一种服装，按着他的头躯四肢的尺寸做了一件天衣无缝的睡衣，人钻在睡衣里面，只留眼前两个窟窿，和外界完全隔绝——只是那样子有些像是×××，夜晚出来曾经几乎吓死一个人！

原始的交通工具，并不足为旅客之苦。我觉得"滑竿""架子车"都比飞机有趣。"御风而行，泠然善也"，那是神仙生涯。在尘世旅行，还是以脚able着地为原则。我们要看朵朵的白云，但并不想在云隙里钻出钻进；我们要"横看成岭侧成峰，远近高低各不同"，但并不想把世界缩小成假山石一般玩物似的来欣赏。我惋惜米尔顿所称述的中土有"挂帆之车"尚不曾坐过。交通工具之原始不是病，病在于舟车之不易得，车夫舟子之不易缠，"衣帽自看"固不待言，还要提防青纱帐起。刘伶"死便埋我"，也不是准备横死。

旅行虽然夹杂着苦恼，究竟有很大的乐趣在。旅行是一种逃避——逃避人间的丑恶。"大隐藏人海"，我们不是大隐，在人海里藏不住。岂但人海里安不得身？在家园也不容易遁迹。成年地圈在四合房里，不必仰屋就要兴叹；成年地看着家里的那一张脸，不必牛衣也要对泣。家里面所能看见的那一块青天，只有那么一大块。取之不尽用之不竭的清风明月，在家里都不能充分享用，要放风筝需要举着竹竿爬上房脊，要看日升日落需要左右邻居没有遮拦。走在街上，熙熙攘攘，磕头碰脑的不是人面兽，就是可怜虫。在这种情形之下，我们虽无勇气披发入山，至少为什么不带着一把牙刷捆起铺盖出去旅行几天呢？在旅行中，少不了风吹雨打，然后倦飞知还，觉得"在家千日好，出门一时难"，这样便可以把那不可容忍的家变成为暂时可以容忍的了。下次忍耐不住的时候，再出去旅行一次。如此地折腾几回，这一生也就差不多了。

旅行中没有不感觉枯寂的，枯寂也是一种趣味。威廉·哈兹里特主张在旅行时不要伴侣，因为："如果你说路那边的一片豆田有股香味，你的伴侣也许闻不见。如果你指着远处的一件东西，你的伴侣也许是近视的，还得戴上眼镜看。"一个不合意的伴侣，当然是累赘。但是人是个奇怪的动物，人太多了嫌闹，没人陪着嫌闷。耳边嘈杂怕吵，整天咕嘟着嘴又怕口臭。旅行是享受清福的时候，但是也还想拉上个伴。只有神仙和野兽才受得住孤独。在社会里我们觉得面目可憎语言无味的人居多，避之唯恐或晚，在大自然里又觉得人与人之间是亲切的。到美国落矶山上旅行过的人告诉我，在山上若是遇见另一个旅客，不分男女老幼，一律脱帽招呼，寒暄一两句。这是很有意味的一个习惯。大概只有在旷野里我们才容易感觉到人与人是属于一门一类的动物，平常我们太注意人与人的差别了。

　　真正理想的伴侣是不易得的，客厅里的好朋友不见得即是旅行的好伴侣，理想的伴侣须具备许多条件，不能太脏，如嵇叔夜"头面常一月十五日不洗，不大闷痒，不能沐也"，也不能有洁癖，什么东西都要用火酒揩，不能如泥塑木雕，如死鱼之不张嘴，也不能终日喋喋不休，整夜鼾声不已，不能油头滑脑，也不能蠢头呆脑，要有说有笑，有动有静，静时能一声不响地陪着你看行云，听夜雨，动时能在草地上打滚像一条活鱼！这样的伴侣哪里去找？

悲观

人生之目标,不在幸福之追求,而在痛苦之避免。

＊　　＊　　＊　　＊　　＊

　　＊　　＊　　＊　　＊　　＊

　　悲观不是消极。所以自杀的人不是悲观，悲观主义者反对自杀。

　　悲观是从坏的一方面来观察一切事物，从坏的一方面着眼的意思。悲观主义者无时不料想事物的恶化，唯其如此，所以他最积极地生活，换言之，最不为虚幻的希望所误引入歧途，最努力地设法来对付这丑恶的现实。

　　叔本华说，幸福即是痛苦的避免。所谓痛苦是实在的，而幸福则是根本不存在的。痛苦不存在时之状态，无以名之，名之曰幸福。是故人生之目标，不在幸福之追求，而在痛苦之避免。人生即是一串痛苦所构成。能避免一分的苦痛，即是一分的幸福。故悲观主义者待人接物，步步为营，不求有功，但求无过。这是悲观主义的真谛。

　　从坏处着想，大概可以十猜十中百猜百中；从好处着想，往往一次一失望十次十失望。所以乐观者天真可爱，而禁不住现实的接触，一接触就水泡一般地破灭。悲观者似乎未免自苦，而在现实中却能安身立命。所以自杀者是乐观的人，幸福者倒是悲观的人。

厌恶女性者 ⑤

异性相吸,男女相悦,乃是常情。

* * * * *

* * * * *

不要以为男人都是好色之徒，也有厌恶女性者。

《周书·列传第四十》，萧统三子萧詧，曾在江陵称帝八载，据说他"少有大志，不拘小节……性不饮酒，安于俭素……尤恶见妇人，虽相去数步，遥闻其臭。经御妇人之衣，不复更着"。

一个曾临九五的人，无论在位如何短暂，疆土如何狭小，我们可以想象内官粉黛，必极其妍，而萧恶见妇人，事属不经，似难索解。女人离他数步之遥，他就闻到她的臭味，更是离奇，难道他遇到的妇人个个都患狐臭？因思古时淳于髡"一斗亦醉，一石亦醉"，最欢畅的时候是"州闾之会，男女杂坐……前有堕珥，后有遗簪……男女同席，履舄交错……主人留髡而送客，罗襦襟解，微闻芗泽"，芗泽就是指女人身上散发出来的一股特殊的香气。淳于髡说的大概是实话。这种香气须在相当亲近肌肤的时候才能闻到。《红楼梦》里宝玉不是就曾一再勉强地要闻黛玉的袖口吗？只因袖口里有芗泽。这种香气，萧大概是无缘消受。不过萧雅好佛理，曾有内典《华严》《般若》《法华》《金光明义疏》的著作行世，也许因潜心佛理而厌恶女色，亦未可知。可是事实上他生了八个儿子，死时才四十四岁，这又怎么说？

厌恶女性者，英文叫作 misogynist，在文学作品中有时也有率直的描述。例如，十六世纪作家约翰·李利（John Lyly）所作《尤菲绮斯》（*Euphoes*），其中有一封长信，是尤菲绮斯在离开那不勒斯返回雅典时写给他的一位朋友及一般痴情男子的。这封信号称为"戒色指南"（The Cooling Card）。其言曰：

> 她如果贞洁，必定拘谨；如果轻佻，必定淫荡；如是严肃的婆娘，谁肯爱她？如是放浪的泼妇，谁愿娶她？如是侍奉灶神的处女，她们是誓不嫁人的；如是追随爱神的信徒，她们是誓必荒淫的。如果我爱一个美貌的，势必引起嫉妒；如果我爱一个貌寝的，会要使我疯狂。如果生育频繁，则负担有增无已；如果不能生育，则我的罪孽愈发深重；如果贤淑，我会担心她早死；如果不淑，我会厌恶她的长寿。

把女人说得一无是处，其结论是"避免接近女人"。尤菲绮斯的私行并不谨饬，被蛇咬过一回，以后见了绳子也怕。所以他的厌恶女性的论调实是有感而发。

异性相吸，男女相悦，乃是常情。至于溺于女色者，如纣王之宠妲己，幽王之宠褒姒，以至于亡国，则罪不全在妲己与褒姒，纣王幽王须负更大之责任，只因佳人难再得，遂任其倾城倾国，昏君本人之罪责岂容推诿？赵飞燕的女弟刚接进宫，就有人在背后议论"此祸水也，灭火必矣"。汉得火德而兴，是否因此一女子而澌灭，且不去管它，"祸水"一词从此成了某些女性的代名词。西谚有云："任何事故，追根问底，必定有个女人。"话并不错，不过要看怎样解释。一个人在事业上有所成就，很大部分是因为家有贤妻。一个人一生中不闯大祸，也很大部分是因为家有贤妻。"女人是水做的，男人是泥做的"是女性崇拜的说法，指女人为祸水，是厌恶女性者的口头禅。

骂人的艺术

想骂人的时候而不骂,
时常在身体上弄出毛病,
所以想骂人时,骂骂何妨。

＊　　＊　　＊　　＊　　＊

　　＊　　＊　　＊　　＊　　＊

古今中外没有一个不骂人的人。骂人就是有道德观念的意思，因为在骂人的时候，至少在骂人者自己总觉得那人有该骂的地方。何者该骂，何者不该骂，这个抉择的标准，是极道德的。所以根本不骂人，大可不必。骂人是一种发泄感情的方法，尤其是那一种怨怒的感情。想骂人的时候而不骂，时常在身体上弄出毛病，所以想骂人时，骂骂何妨。

但是，骂人是一种高深的学问，不是人人都可以随便试的。有因为骂人挨嘴巴的，有因为骂人吃官司的，有因为骂人反被人骂的，这都是不会骂人的缘故。今以研究所得，公诸同好，或可为骂人时之一助乎？

一、知己知彼

骂人是和动手打架一样的，你如其敢打人一拳，你先要自己忖度下，你吃得起别人的一拳否。这叫作知己知彼。骂人也是一样。譬如你骂他是"屈死",你先要反省,自己和"屈死"有无分别。你骂别人荒唐,你自己想想曾否吃喝嫖赌。否则别人回敬你一二句,你就受不了。所以别人有着某种短处,而足下也正有同病,那么你在骂他的时候只得割爱。

二、无骂不如己者

要骂人须要挑比你大一点的人物,比你漂亮一点的或者比你坏得万倍而比你得势的人物。总之,你要骂人,那人无论在好的一方面或坏的一方面都要能胜过你,你才不吃亏。你骂大人物,就怕他不理你,他一回骂,你就算骂着了。在坏的一方面胜过你的,你骂他就如教训一般,他即便回骂,一般人仍不会理会他的。假如你骂一个无关痛痒的人,你越骂他他越得意,时常可以把一个无名小卒骂出名了,你看冤与不冤?

三、适可而止

骂大人物骂到他回骂的时候,便不可再骂;再骂则一般人对你必无同情,以为你是无理取闹。骂小人物骂到他不能回骂的时候,便不可再骂;再骂下去则一般人对你也必无同情,以为你是欺负弱者。

四、旁敲侧击

他偷东西，你骂他是贼；他抢东西，你骂他是盗，这是笨伯。骂人必须先明虚实掩映之法，须要烘托旁衬，旁敲侧击，于要紧处只一语便得，所谓杀人于咽喉处着刀。越要骂他你越要原谅他，即便说些恭维话亦不为过，这样的骂法才能显得你所骂的句句是真实确凿，让旁人看起来也可见得你的度量。

五、态度镇定

骂人最忌浮躁。一语不合，面红筋跳，暴躁如雷，此灌夫骂座、泼妇骂街之术，不足以骂人。善骂者必须态度镇静，行若无事。普通一般骂人，谁的声音高便算谁占理，谁来得势猛便算谁骂赢，唯真善骂人者，乃能避其锋而击其懈。你等他骂得疲倦的时候，你只消轻轻地回敬他一句，让他再狂吼一阵。在他暴躁不堪的时候，你不妨对他冷笑几声，包管你不费力气，把他气得死去活来，骂得他针针见血。

六、出言典雅

骂人要骂得微妙含蓄，你骂他一句要使他不甚觉得是骂，等到想过一遍才慢慢觉悟这句话不是好话，让他笑着的面孔由白而红，由红而紫，由紫而灰，这才是骂人的上乘。欲达到此种目的，深刻之用词故不可少，而典雅之言词尤为重要。言词典雅则可使听者不致刺耳。如要骂人骂得典雅，则首先要在骂时万万别提起女人身上的某一部分，万万不要涉及生理学范围。骂人一骂到生理学范围以内，底下再有什么话都不好说了。譬如你骂某甲，千万别提起他的令堂令妹。因为那样一来，便无是非可言，并且你自己也不免有令堂令妹，他若回敬起来，岂非势均力敌，半斤八两？再者骂人的时候，最好不要加人以种种难堪的名词，称呼起来总要客气，即使他是极卑鄙的小人，你也不妨称他先生，越客气，越骂得有力量。骂的时节最好引用他自己的词句，这不但可以使他难堪，还可以减轻他对你骂的力量。俗话少用，因为俗话一览无遗，不若典雅古文曲折含蓄。

七、以退为进

两人对骂，而自己亦有理屈之处，则处于开骂伊始，特宜注意，最好是毅然将自己理屈之处完全承认下来，即使道歉认错均不妨事。先把自己理屈之处轻轻遮掩过去，然后你再重整旗鼓，着着逼人，方可无后顾之忧。即使自己没有理屈的地方，也绝不可自行夸张，务必要谦逊不遑，把自己的位置降到一个不可再降的位置，然后骂起人来，自有一种公正光明的态度。否则你骂他一两句，他便以你个人的事反唇相讥，一场对骂，会变成两人私下口角，是非曲直，无从判断。所以骂人者自己要低声下气，此所谓以退为进。

八、预设埋伏

你把这句话骂过去,你便要想想看,他将用什么话骂回来。有眼光的骂人者,便处处留神,或是先将他要骂你的话替他说出来,或是预先安设埋伏,令他骂回来的话失去效力。他骂你的话,你替他说出来,这便等于缴了他的械一般。预设埋伏,便是在要攻击你的地方,你先轻轻地安下话根,然后他骂过来就等于枪弹打在沙包上,不能中伤。

九、小题大做

如对方有该骂之处,而题目身小,不值一骂,或你所知不多,不足一骂,那时节你便可用小题大做的方法,来扩大题目。先用诚恳而怀疑的态度引申对方的意思,由不紧要之点引到大题目上去,处处用严谨的逻辑逼他说出不逻辑的话来,或是逼他说出合于逻辑但不合乎理的话来,然后你再大举骂他,骂到体无完肤为止,而原来惹动你的小题目,轻轻一提便了。

十、远交近攻

一个时候,只能骂一个人,或一种人,或一派人。决不宜多树敌。所以骂人的时候,万勿连累旁人,即使必须牵涉多人,你也要表示好意,否则回骂之声纷至沓来,使你无从应付。

骂人的艺术，一时所能想起来的有上面十条，信手拈来，并无条理。我做此文的用意，是助人骂人。同时也是想把骂人的技术揭破一点，供爱骂人者参考。挨骂的人看看，骂人的心理原来是这样的，也算是揭破一张黑幕给你瞧瞧！

流行的谬论 ⑦

天生万物,相克相杀,没有地方讲理去,老天爷管不了许多。

＊　　＊　　＊　　＊　　＊

＊　　＊　　＊　　＊　　＊

有许多俚语俗谚，都是多少年下来的经验与智慧累积锻炼而成。简单的一句话，好像含着颠扑不破的真理。所以在言谈之间，常被摭引，有时候比古圣先贤的嘉言遗训还更亲切动人。由于时代变迁，曩昔的金言有些未必可以奉为圭臬，有些即使仍在流行，事实上也已近于谬论。如要举例，信手拈来就有下面几条：

一、树大自直

一个孩子，缺乏家教，或是父母溺爱，很容易变成性情乖张，恣肆无礼，稍长也许还会沾染恶习，自甘堕落。常言道："三岁看小，七岁看老。"悲观的人就要认为这个孩子没有出息，长大了之后大概是败家子或社会上的蠹虫。有些人比较乐观（包括大多数父母在内），却另有想法："没关系，树大自直。""浪子回头千金不换"的故事不是常有所闻的吗？

树大会不会都能自直，我怀疑。山水画里的树很少是直的，多半是欹里歪斜的，甚或是悬空倒挂的。"抚孤松而盘桓。"那孤松不歪不斜便很难去抚。景山上的那棵歪脖树，是天造地设的投缳殉国的装备，至今也没有直起来。当然，山上的巨木神木都是直挺挺地矗立着的，一片片的杉木林全是栋梁之材，也没有一棵是弯曲的。这些树不是长大了才变直，是生来就是直的。堂前栽龙柏，若无木架扶持，早晚会东歪西倒。

浪子回头的事是有的，但是不多，所以一有这种事情发生便被人传诵，算是佳话。浪子而不回头者则滔滔皆是，没有人觉得值得齿及。没出息的孩子变成有出息，我们可以举出许多例子，而没出息的孩子一直没出息到底则如恒河沙数。

树要修要剪，要扶要培。孩子也是一样。弯了的树不会自直，放纵坏了的孩子大概也不会自立。西谚有云："舍不得用板子，便会纵坏了孩子。"约翰逊博士不完全反对体罚，孩子的行为若是不正，在他身上肉厚的地方给几巴掌，他认为最是简捷了当的处理方法。

二、虱多不痒，债多不愁

晋王猛"扪虱而言，旁若无人"，固然是名士风流，无视权势，可是他的大布褂内长满了体虱（有无头虱、阴虱我们不知道），那种奇痒难熬，就是没有多少经验的人也会想象得出。嵇康与山巨源绝交，也自称"性复多虱，把搔无已"，作为不堪"裹以章服，揖拜上官"的理由之一。若说虱多不痒，天晓得！虱不生则已，生则繁殖甚速，孵化很快，虱愈多则愈痒，势必非"倩麻姑痒处搔"不可。

对许多人而言，借贷是寻常事。初次向人告贷，也许带有几分忸怩，手心朝上，"口将言而嗫嚅"。既贷到手，久不能偿，心头上不能不感到压力，不愁才怪！债愈多则压力愈大。债主逼上门来，无辞以对，处境尴尬，设若遇到索债暴徒，则不免当场出彩。也许有人要说，近有以债养债之说，多方接纳，广开债源，债额愈大，则借贷愈易，于是由小债而变成大债，挹彼注此，左右逢源，最后由大债而变成呆账，不了了之。殊不知这种缺德之事也不是人尽能为，其人必长袖善舞而且寡廉鲜耻，随时担着风险，若说他心里坦然，无忧无虑，恐亦不然。又有人说，逋不能偿，则走为上计。昔人有"债台高筑"之说。所谓债台即是逃债之台。如今时代进步，欲逃债可以远走高飞，到异乡做寓公，不必自己高筑债台，何愁之有？殊不知人非情急，谁也不愿效狗急之跳墙。身在外邦，也要藏藏躲躲，见不得人，我猜想他的那种生活也不是一个愁字了得。

有虱必痒，债多必愁。

三、老天爷饿不死瞎家雀儿

有人真相信"天地之大德曰生"，对于一切有情之伦挣扎于濒死边缘好像是视若无睹。人间有无法糊口者，有生而残障者，有遭逢饥馑、旱涝蝗灾、辗转沟壑者。他认为不必着慌，"船到桥头自然直"，冥冥之中似有主宰，到头来大家都有饭吃，即使是一只瞎家雀也不会活生生地饿死。

谁说的！我在寒冷的北方就不止一次看到家雀从檐角坠下，显然是饥寒交迫而死，不过我没有去验它是否瞎。我记得哈代有一首诗，题曰《提醒者》，大意是说他在圣诞前夕正在准备过一个快乐的夜晚，忽见窗外寒枝之上落着一只小鸟，冻得直哆嗦，饿得啄食一个硬干果，一下子坠下去像个雪球似的死了。他叹道，我难得刚要快活一阵，你竟来提醒我生活的艰难困苦！这是典型的悲观主义者哈代的一首小诗，他大概不知道我们的那句俗话"老天爷饿不死瞎家雀儿"。麻雀微细不足道，但是看看非洲在旱灾笼罩之下，多少人都成了饿殍，白骨黄沙，惨不忍睹，是人谋不臧，还是天降鞠凶？人在情急的时候，无不呼天抢地，天地会一伸援手吗？有些地方旱魃肆虐，忽然大雨滂沱，大家额手相庆，感谢上苍，没有想到雨水滋润了干土，蝗虫的卵得以在地下孵化，不久就构成了蝗灾。老天爷是何居心？

天生万物，相克相杀，没有地方讲理去，老天爷管不了许多。

四、好的开始便是成功的一半

这句话是从外语翻译过来的，很多人常把这句话挂在嘴边。

未尝不是一句善颂善祷的话,当事人听了觉得很受用。但是再想一下,一个辉煌的开始便是百分之五十成功的保证,天下有这等便宜事?

《诗·大雅·荡》:"靡不有初,鲜克有终。"是比较平实的说法。我们国人做事擅长的一手是"五分钟热气",开始时激昂慷慨,铺张扬厉,好像是要雷厉风行,但是过不了多久,渐渐一切抛在脑后,虽然口里高唱"贯彻始终",事实上常是有始无终。

参加赛跑的人,起步固然要紧,但最后胜利却系于临终的冲刺。最近看我们的一个球队参加国际比赛,开始有板有眼,好一阵子一直领先,但是后继无力,终落惨败。好的开始似乎无关最后的成败。

五、眼不见为净

老早有人劝我别吃烧饼,说烧饼里常夹有老鼠屎,我不信。后来我好奇,有一天掰开烧饼看看,赫然一粒老鼠屎在焉。"一粒老鼠屎搅乱一锅粥!"从此我有了戒心,不敢常吃烧饼。偶然吃一次,必先掰开仔细看看。

有人笑我过分小心。他的理论是:我们每天吃的东西种类繁多,焉能一一亲自检视,大致不差也就是了,眼不见为净。人的肉眼本来所见有限,好多有毒的或无害的微生物都不是肉眼所能窥察得到的。眼见的未必净,眼不见的也未必不净。他这种说法好有一比,现代司法观念之一是:凡嫌犯之未能证实其为有罪之前,一律假设其为无罪。食物未经化验其为不净,似乎也可以认为它是净的。这种说法很危险,如果轻信眼不见为净,很可能吃下某些东西而受害不浅,重则致命,轻则缠绵病榻,伏枕呻吟。

科学方法建设在几项哲学假设上面,其中之一是假设物质乃普遍的一致。抽样检查之可靠性也是假设其全部品质都是一样的。我们除了信赖科学检验之外,别无选择。俗语说:"过水为净。"不失为可行,蔬菜水果之类多洗几遍即可减除其中残留的农药,不过食物不是都可以水洗的。

"眼不见为净"之说固不可盲从,所谓"没脏没净,吃了没病"之说简直是荒谬。

六、伸手不打笑脸人

笑脸是不常见的。常见的是面皮绷得紧紧的驴脸,可以刮下一层霜的冷脸,好像才吞了农药下去的苦脸,睡眠不足的或是劬劳癙悴的病脸,再不就是满脸横肉的凶脸。所以我们偶然看见一张笑脸,不由得不心生喜悦。那笑脸也许不是生自内心而自然流露,也许是为了某种需要而强作笑颜。脸不必笑得像一朵花,只要面部肌肉稍为放松,嘴角稍为咧开一点,就会给人以相当的舒适感。我一向相信,笑脸是人际关系中可以通行无阻的安全证。

即使人在盛怒之中，摩拳擦掌，但是不会去打一个笑脸人，他下不去手。

最近看了报上一则新闻，开始觉得笑脸并不一定能保障一个人的安全。赔笑脸有时还是免不了挨嘴巴，事属常有，我所见的这条新闻却不寻常。有一位不务正业而专走邪道的青年，有一天踉跄地回家，狼狈地伏在案头，一言不发。老母见状，不禁莞尔。这一笑，不打紧，不知年轻人是误会为讥笑、讪笑，或是冷笑，他上去对准老母胸前就是一拳。老母应拳而倒，一命归西！微微一笑引起致命的一拳。以后下文如何，不得而知。

人到了要伸手打人的时候，大笑脸不但不足以御强拳，而且可以招致杀身之祸。但愿这是一条孤证。

七、吃一行，恨一行

"三百六十行，行行出状元。"这是说职业不分上下，每一行范围之内一个人只要努力，不愁不能出人头地做到顶尖的位置。这也是劝勉人各就岗位奋斗向上，不要一味地"这山望着那山高"。究竟行还是有高低，犹山之有高低。状元与状元不同。西瓜大王不能与钢铁大王比，馄饨大王也不能和煤油大王比。

每一行都有它的艰难困苦，其发展的路常是坎坷多舛的。投身到任何一个行当，只好埋头苦干。有人只看见和尚吃馒头，没看见和尚受戒，遂生羡慕别人之心，以为自己这一行只有苦没有乐，不但自己唉声叹气，恨自己选错了行，还会谆谆告诫他的子弟千万别再做这一行。这叫作"吃一行，恨一行"。

造出"吃一行，恨一行"这句话的人，其用心可能是劝勉大家安分守己，但是这句话也道出了无数人的无可奈何的心情。其实干一行应该爱一行才对。因为没有一行没有乐趣，至少一件工作之完满地完成便是乐趣。很多知道敬业的人不但自己满足于他的行当，而且教导他的子弟步随他的踪迹，被人称为"克绍箕裘"，没有丝毫恨意。

八、子不嫌母丑，狗不嫌家贫

狗是很聪明的动物，但不太聪明。乞丐拄着一根杖，提着一个钵，沿门求乞，一条瘦狗寸步不离地跟随着他。得到一些残肴剩炙，人与狗分而食之。但是狗不会离开他，不会看到较好的去处便去趋就，所以说狗不算太聪明，虽然它有那么一份义气。

在儿女的眼光里，母亲应该是最美最可爱最可信赖最该受感激的一个人。人有丑的，母亲没有丑的。母亲可以老，但不会丑。从前有一首很流行的儿歌《乌鸦歌》，记得歌词是这样的："乌鸦乌鸦对我叫，乌鸦真真孝。乌鸦老了不能飞，对着小鸦啼。小鸦朝朝打食归，打食归来先喂母。'母亲从前喂过我！'"这是借乌鸦反哺来劝孝的歌，但是最后一句"母亲从前喂过我"实在非常动人,没有失去人性的人回想起"母亲从前喂过我",再听了这句歌词,恐怕没有不心酸的。每个人大概都会为了他的母亲而感觉骄傲,谁会嫌他的母亲丑?

"狗不嫌家贫,子不嫌母丑",话没有错。不过嫌贫爱富恐怕是人之常情,不嫌家贫这份美誉恐怕要让狗来独享下去。子嫌母丑的例子也不是没有。我就知道有两个例子,无独有偶。有两位受过所谓"高等教育"的人,家里延见宾客,照例有两位衣服破敝的老妇捧茶出去,主人不予介绍,客人也就安然受之,以为那个老妪必是佣妇。久之才从侧面打听出来那老妪乃主人之生母,主人嫌其老丑,有失体面,认为见不得人,使之奉茶,废物利用而已。

狗不嫌家贫,并未言过其实。子不嫌母丑,对愈来愈多的人有变为谬论的可能。

谈话的艺术

08

人与人相处,本来易生摩擦,谈话时也要保持距离,以策安全。

＊　　＊　　＊　　＊　　＊

　＊　　＊　　＊　　＊　　＊

一个人在谈话中可以采取三种不同的方式，一是独白，一是静听，一是互话。

谈话不是演说，更不是训话，所以一个人不可以霸占所有的时间，不可以长篇大论地絮聒不休，旁若无人。有些人大概是口部筋肉特别发达，一开口便不能自休，绝不容许别人插嘴，话如连珠，音容并茂。他讲一件事能从盘古开天地讲起，慢慢地进入本题，亦能枝节横生，终于忘记本题是什么。这样霸道的谈话者，如果他言谈之中确有内容，所谓"吐佳言，如锯木屑，霏霏不绝"，亦不难觅取听众。在英国文人中，约翰逊博士是一个著名的例子。在咖啡店里，他一开口，老鼠都不敢叫。那个结结巴巴的高尔斯密一插嘴便触霉头。Sir Oracle 在说话，谁敢出声？约翰逊之所以被称为当时文艺界的独裁者，良有以也。学问风趣不及约翰逊者，必定是比较的语言无味，如果喋喋不已，如何令人耐得。

有人也许是以为嘴只管吃饭而不作别用，对人乃钳口结舌，一言不发。这样的人也是谈话中所不可或缺的，因为谈话，和演戏一样，是需要听众的，这样的人正是理想的听众。欧洲中古时代的一个严肃的教派 Carthusian monks 以不说话为苦修精进的法门之一，整年不说一句话，实在不易。那究竟是方外人，另当别论，我们平常人中却也有人真能寡言。他效法金人之三缄其口，他的背上应有铭曰："今之慎言人也。"你对他讲话，他洗耳恭听，你问他一句话，他能用最经济的词句把你打发掉。如果你恰好也是"毋多言，多言多败"的信仰者，相对不交一言，那便只好共听壁上挂钟之滴答滴答了。钟会之与嵇康，则由打铁的叮当声来破除两人间之岑寂。这样的人现代也有，相对无言，莫逆于心，吧嗒吧嗒地抽完一包香烟，兴尽而散。无论如何，老于世故的人总是劝人多听少说，以耳代口，凡是不大开口的人总是令人莫测高深；口边若无遮拦，则容易令人一眼望到底。

　　谈话，和作文一样，有主题，有腹稿，有层次，有头尾，不可语无伦次。写文章肯用心的人就不太多，谈话而知道剪裁的就更少了。写文章讲究开门见山，起笔最要紧，要来得挺拔而突兀，或是非常爽朗，总之要引人入胜，不同凡响。谈话亦然。开口便谈天气好坏，当然亦不失为一种寒暄之道，究竟缺乏风趣。常见有客来访，宾主落座，客人徐徐开言："您没有出门啊？"主人除了重申"我没有出门"这一事实之外没有法子再作其他的答话。谈公事，讲生意，只求其明白清楚，没有什么可说的。一般的谈话往往是属于"无题""偶成"之类，没有固定的题材，信手拈来，自有情致。情人们喁喁私语，总是有说不完的话题，谈到无可再谈，则"此时无声胜有声"了。老朋友们剪烛西窗，班荆道故，上下古今无不可谈，其间并无定则，只要对方不打哈欠。禅师们在谈吐间好逞机锋，不落迹象，那又是一种境界，不是我们凡夫俗子所能企望得到的。善谈和健谈不同，健谈者能使四座生春，但多少有点霸道，善谈者尽管舌灿莲花，但总还要给别人留些说话的机会。

话的内容总不能不牵涉到人，而所谓人，则不是别人便是自己。谈论别人则东家长西家短全成了上好的资料，专门隐恶扬善则内容枯燥听来乏味，揭人阴私则又有伤口德，这其间颇费斟酌。英文 gossip 一字原义是"教父母"，尤指教母，引申而为任何中年以上之妇女，再引申而为闲谈，再引申而为飞短流长，而为长舌妇，可见这种毛病由来有之，"造谣学校"之缘起亦在于是，而且是中外皆然。不过现在时代进步，这种现象已与年纪无关。谈话而专谈自己当然不会伤人，并且缺德之事经自己宣扬之后往往变成为值得夸耀之事。不过这又显得"我执"太深，而且最关心自己的事的人，往往只是自己。英文的"我"字，是大写字母的 I，有人已嫌其夸张，如果谈起话来每句话都用"我"字开头，不更显着是自我本位了吗？

在技巧上，谈话也有些个禁忌。"话到口边留半句"，只是劝人慎言，却有人认真施行，真个地只说半句，其余半句要由你去揣摩，好像文法习题中的造句，半句话要由你去填充。有时候是光说前半句，要你猜后半句；有时候是光说后半句，要你想前半句。一段谈话中若是破碎的句子太多,在听的方面不加整理是难以理解的。费时费事,莫此为甚。我看在谈话时最好还是注意文法,多用完整的句子为宜。另一极端是,唯恐听者印象不深,每一句话重复一遍,这办法对于听者的忍耐力实在要求过奢。谈话的腔调与嗓音因人而异,有的如破锣,有的如公鸡,有的行腔使气有板有眼,有的回肠荡气如怨如诉,有的于每一句尾加上一串咯咯的笑,有的于说完一段话之后像鲸鱼一般喷一口大气,这一切都无关宏旨,要紧的是说话的声音之大小需要一点控制。一开口便血脉偾张,声震屋瓦,不久便要力竭声嘶,气急败坏,似可不必。另有一些人的谈话别有公式,把每句中的名词与动词一律用低音,甚至变成耳语,令听者颇为吃力。有些人唾腺特别发达,三言两句之后嘴角上便积有两摊如奶油状的泡沫,于发出重唇音的时候便不免星沫四溅,真像是痰唾珠玑。人与人相处,本来易生摩擦,谈话时也要保持距离,以策安全。

废话

09

人不能不说话,不过废话可以少说一点。

* * * * *

* * * * *

常有客过访,我打开门,他第一句话便是:"您没有出门?"我当然没有出门,如果出门,现在如何能为你启门?那岂非是活见鬼?他说这句话也不是表讶异。人在家中乃寻常事,何惊诧之有?如果他预料我不在家才来造访,则事必有因,发现我竟在家,更应该不露声色,我想他说这句话,只是脱口而出,没有经过大脑,犹如两人见面不免说一句"今天天气……"之类的话,聊胜于两个人都绷着脸一声不吭而已。没有多少意义的话就是废话。

人不能不说话,不过废话可以少说一点。十一世纪时罗马天主教会在法国有一派僧侣,专主苦修冥想,是圣·布鲁诺所创立,名为 Carthusians,盖因地而得名,他的基本修行方法是不说话,一年到头地不说话。每年只有到了将近年终的时候,特准交谈一段时间,结束的时刻一到,尽管一句话尚未说完,大家立刻闭起嘴巴。明年开禁的时候,两人谈话的第一句往往是"我们上次谈到……"一年说一次话,其间准备的时光不少,废话一定不多。

梁武帝时，达摩大师在嵩山少林寺，终日面壁，九年之久，当然也不会随便开口说话，这种苦修的功夫实在难能可贵。明莲池大师《竹窗随笔》有云："世间醙酡醇醴，藏之弥久而弥美者，皆籙封锢牢密不泄气故。古人云：'二十年不开口说话，向后佛也奈何你不得。'旨哉言乎。"一说话就怕要泄气，可是这一口气憋二十年不泄，真也不易。监狱里的重犯，常被判处独居一室，使无说话机会，是一种惩罚。畜生没有语言文字，但是也会发出不同的鸣声表示不同的情意。人而不让他说话，到了寂寞难堪的时候真想自言自语，甚至说几句废话也是好的。

可是有说话自由的时候，还是少说废话为宜。"群居终日，言不及义，好行小慧，难矣哉！"那便是废话太多的意思。现代的人好像喜欢开会，一开会就不免有人"致辞"，而致辞者常常是长篇大论，直说得口燥舌干，也不管听者是否恹恹欲睡欠伸连连。《孔子家语》："庙堂右阶之前，有金人焉，三缄其口，而铭其背曰：'古之慎言人也……'"能慎言，当然于慎言之外不会多说废话。三缄其口只是象征，若是真的三缄其口，怎么吃饭？

串门子闲聊天，已不是现代社会所允许的事，因为大家都忙，实在无暇闲嗑牙。不过也有在闲聊的场合而还侈谈本行的正经事者，这种人也讨厌。最可怕的是不经预先约定而闯上门来的长舌妇或长舌男，他们可以把人家的私事当作座谈的资料。某人资产若干，月入多少，某人芳龄几何，美容几次，某人帷薄不修，某人似有外遇，说得津津有味，实则有伤口业的废话而已。行文也最忌废话。《朱子语类》里有两段文字：

> 欧公文亦多是修改到妙处。顷有人买得他醉翁亭稿，初说滁州四面有山，凡数十字，末后改定，只曰"环滁皆山也"五字而已。如寻常不经思虑，信意所作言语，亦有绝不成文理者，不知如何。
>
> ……南丰过荆襄，后山携所作以谒之。南丰一见爱之，因留款语。适欲作一文字，事多，因托后山为之，且授以意。后山文思亦涩，穷日之力方成，仅数百言，明日，以呈南丰。南丰云："大略也好，只是冗字多，不知可为略删动否？"后山因请改窜。但见南丰就座，取笔抹数处，每抹处连一两行，便以授后山，凡削去一二百字。后山读之，则其意尤完，因叹服，遂以为法。所以后山文字简洁如此。

前一段说的是欧阳修的《醉翁亭记》。开端第一句"环滁皆山也"，不说废话，开门见山，是从数十字中删汰而来。后一段记的是陈后山为文数百言，由曾巩削去一二百个冗字，而文意更为完整无瑕。凡为文者皆须知道文字须要简练，简言之，就是少说废话。

穷

⑩ 积蓄是稍微有一点,穷还是穷。

*　　*　　*　　*　　*

*　　*　　*　　*　　*

人生下来就是穷的，除了带来一口奶之外，赤条条的，一无所有，谁手里也没有握着两个钱。在稍稍长大一点，阶级渐渐显露，有的是金枝玉叶，有的是"杂和面口袋"。但是就大体而论，还是泥巴里打滚袖口上抹鼻涕的居多。

儿童玩具本是少得可怜，而大概其中总还免不了一具"扑满"，瓦做的，像是陶器时代的出品，大的小的挂绿釉的都有，间或也有形如保险箱，有铁制的，这种玩具的用意就是警告孩子们，有钱要积蓄起来，免得在饥荒的时候受穷，穷的阴影在这时候就已罩住了我们！好容易过年赚来几块压岁钱，都被骗弄丢在里面了，丢进去就后悔，想从缝里倒出来是万难，用小刀拨也是枉然。积蓄是稍微有一点，穷还是穷。而且事实证明，凡是积在扑满里的钱，除了自己早早下手摔破的以外，大概后来就不知怎样就没有了，很少能在日后发生什么救苦救难的功效。

等到再稍稍长大一点，用钱的欲望更大，看见什么都要流涎，手里偏偏是空空如也，那时候真想来一个十月革命。就是富家子也是一样，尽管是绮襦纨绔，他还是恨继承开始太晚。这时候他最感觉穷，虽然他还没认识穷。

人在成年之后，开始面对着糊口问题，不但糊自己的口，还要糊附属人员的口，如果脸皮欠厚心地欠薄，再加上祖上是"忠厚传家，诗书继世"的话，他这一生就休想能离开穷的掌握，人的一生，就是和穷挣扎的历史。和穷挣扎一生，无论胜利或失败，都是惨。能不和穷挣扎，或于挣扎之余还有点闲工夫做些别的事，那人是有福了。

所谓穷，也是比较而言。有人天天喊穷，不是今天透支，就是明天举债，数目大得都惊人，然后指着身上衣服的一块补丁或是皮鞋上的一条小小裂缝作为他穷的铁证。这是寓阔于穷，文章中的反衬法。也有人量入为出，温饱无虞，可是又担心他的孩子将来自费留学的经费没有着落，于是于自我麻醉中陷入于穷的心理状态。若是西装裤的后方越磨越薄，由薄而破，由破而织，由织而补上一大块布，细针密缝，老远地看上去像是一个圆圆的箭靶，（说也奇怪，人穷是先从裤子破起！）那么，这个人可是真有些近于穷了。但是也不然，穷无止境。"大雪纷纷落，我往柴火垛，看你们穷人怎么过！"穷人眼里还有更穷的人。

穷也有好处。在优裕环境里生活着的人，外加的装饰与铺排太多，可以把他的本来面目掩没无遗，不但别人认不清他真的面目，往往对他发生误会（多半往好的方面误会），就是自己也容易忘记自己是谁。穷人则不然，他的褴褛的衣裳等于是开着许多窗户，可以令人窥见他的内容，他的荜门蓬户，尽管是穷气冒三尺，却容易令人发现里面有一个人。人越穷，越靠他本身的成色，其中毫无夹带藏掖。人穷还可落个清闲，既少"车马驻江干"，更不会有人来求谋事，讣闻请柬都不会常常上门，他的时间是他自己的。穷人的心是赤裸的，和别的穷人之间没有隔阂，所以穷人才最慷慨。金错囊中所余无几，买房置地都不够，反正是吃不饱饿不死，落得来个爽快，求片刻的快意。此之谓"穷大手"。我们看见过富家弟兄析产的时候把一张八仙桌子劈开成两半，不曾看见两个穷人抢食半盂残羹剩饭。

　　穷时受人白眼是件常事，狗不也是专爱对着鹑衣百结的人汪汪吗？人穷则颈易缩，肩易耸，头易垂，须发许是特别长得快，擦着墙边逡巡而过，不是贼也像是贼。以这种姿态出现，到处受窘。所以人穷则往往自然地有一种抵抗力出现，是名曰：酸。穷一经酸化，便不复是怕见人的东西。别看我衣履不整，我本来不以衣履见长！人和衣服架子本来是应该有分别的。别看我囊中羞涩，我有所不取；别看我落魄无聊，我有所不为，这样一想，一股浩然之气火辣辣地从丹田升起，腰板自然挺直，胸膛自然凸出，裴褒啸傲，无往不宜。在别人的眼里，他是一块茅厕砖——臭而且硬，可是，人穷而不志短者以此，布衣之士而可以傲王侯者亦以此，所以穷酸亦不可厚非，他不得不如此。穷若没有酸支持着，它不能持久。

扬雄有逐贫之赋，韩愈有送穷之文，理直气壮地要与贫穷绝缘，反倒被穷鬼说服，改容谢过肃之上座，这也是酸极一种变化。贫而能逐，穷而能送，何乐而不为？逐也逐不掉，送也送不走，只好硬着头皮甘与穷鬼为伍。穷不是罪过，但也究竟不是美德，值不得夸耀，更不足以傲人。典型的穷人该是颜回，一箪食，一瓢饮，在陋巷，不改其乐。不改其乐当然是很好，箪食瓢饮究竟不大好，营养不足，所以颜回活到三十二岁短命死矣。孔子所说"饭疏食饮水，曲肱而枕之，乐亦在其中矣"，譬喻则可，当真如此就嫌其不大卫生。

钱 ⑪

钱不嫌多,愈多愈好。

＊　　＊　　＊　　＊　　＊

＊　　＊　　＊　　＊　　＊

钱这个东西，不可说，不可说。一说起阿堵物，就显着俗。其实钱本身是有用的东西，无所谓俗。或形如契刀，或外圆而孔方，样子都不难看。若是带有斑斑绿锈，就更古朴可爱。稍晚的"交子""钞引"以至于近代的纸币，也无不力求精美雅观，何俗之有？钱财的进出取舍之间诚然大有道理，不过贪者自贪，廉者自廉，关键在于人，与钱本身无涉。像和峤那样爱钱如命，只可说是钱癖，不能斥之曰俗；像石崇那样的挥金似土，只可说是奢汰，不能算得上雅。俗也好，雅也好，事在人为，钱无雅俗可辨。

有人喜集邮，有人喜集火柴盒，也有人喜集戏报子，也有人喜集鼻烟壶，也有人喜集砚、集墨、集字画古董，甚至集眼镜、集围裙、集三角裤。各有所好，没有什么道理可讲。但是古今中外几乎人人都喜欢收集的却是通货。钱不嫌多，愈多愈好。庄子曰："钱财不积，则贪者忧。"岂止贪者忧？不贪的人也一样地想积财。

人在小的时候都玩过扑满，这玩意儿历史悠久，《西京杂记》：

"扑满者,以土为器,以蓄钱具,其有入窍而无出窍,满则扑之。"北平叫卖小贩,有喊"小盆儿小罐儿"的,担子上就有大大小小的扑满,全是陶土烧成的,形状不雅,一碰就碎。虽然里面容不下多少钱,可是孩子们从小就明白储蓄的道理了。外国也有近似扑满的东西,不过通常不是颠扑得碎的,是用钥匙可以打开的,多半做猪形,名之为"猪银行"。不晓得为什么选择猪形,也许是取其大肚能容吧?

我们的平民大部分是穷苦的,靠天吃饭,就怕干旱水涝,所以养成一种饥荒心理。"常将有日思无日,莫待无时思有时。"储蓄的美德普遍存在于社会各阶层。我从前认识一位小学教员,别看她月薪只有三十余元,她省吃俭用,省俭到午餐常是一碗清汤挂面洒上几滴香油,二十年下来,她拥有两栋小房。(谁忍心说她是不劳而获的资产阶级?)我也知道一位人力车夫,劳其筋骨,为人作马牛,苦熬了半辈子,携带一笔小小的资财,回籍买田娶妻生子做了一个自耕的小地主。这些可敬人,他们的钱是一文一文积攒起来的。而且他们常是量入为储,每有收入,不拘多寡,先扣一成两成作为储蓄,然后再安排支出。这样,他们爬上了社会的阶梯。

"人无横财不富,马无夜草不肥。"话虽如此,横财逼人而来,不是人人唾手可得,也不是全然可以泰然接受的。"腰缠十万贯,骑鹤上扬州"只是一厢情愿的想法,暴发之后,势难持久,君不见显宦孙子做了乞丐,巨商的儿子做了龟奴?及身而验的现世报,更是所在多有。钱财这个东西，真是难以捉摸，聚散无常。所以谚云："积财千万，不如薄技在身。"

钱多了就有麻烦，不知放在哪里好。枕头底下没有多少空间，破鞋空间里面也塞不进多少。眼看着财源滚滚，求田问舍怕招物议，多财善贾又怕风波，无可奈何，只好送进银行。我在杂志上看到过一段趣谈：

印第安人酋长某，平素聚敛不少，有一天背了一大口袋钞票存入银行，定期一年，期满之日他要求全部提出，行员把钞票一叠一叠地堆在柜台上，有如山积。酋长看了一下，徐曰："请再续存一年。"行员惊异，既要续存，何必提出？酋长说："不先提出，我怎么知道我的钱是否安然无恙地保存在这里？"

这当然是笑话，不过我们从前也有金山银山之说，却是千真万确的。我们从前金融执牛耳的大部分是山西人，票庄掌柜的几乎一律是老西儿。据说他们家里就有金山银山。赚了金银运回老家，熔为液体，泼在内室地上，积年累月一勺勺地泼上去，就成了一座座亮晶晶的金山银山。要用钱的时候凿上一块就行，不虞盗贼光顾。没亲眼见过金山银山的人，至少总见过冥衣铺用纸糊成的金童玉女金山银山吧？从前好像还没有近代恶性通货膨胀的怪事，然而如何维护既得的资财，也已经是颇费心机了。如今有些大户把钱弄到外国去，因为那里的银行有政府担保，没有倒闭之虞，而且还为存户保密，真是服务周到极了。

善居积的陶朱公，人人羡慕，但是看他变姓名游江湖，其心里恐怕有几分像是挟巨资逃往国外做寓公，离乡背井的，多少有一点不自在。所以一个人尽管贪财，不可无厌。无冻馁之忧，有安全之感，能罢手时且罢手，大可不必"人为财死"而后已，陶朱公还算是聪明的。

钱，要花出去，才发生作用。穷人手头不裕，为了住顾不得衣，为了衣顾不得食，为了食谈不到娱乐，有时候几个孩子同时需要买新鞋，会把父母急得冒冷汗！贫穷到了这个地步，一个钱也不能妄用，只有牛衣对泣的份。小康之家用钱大有伸缩余地，最高明的是不求生活水准之全面提高，而在几点上稍稍突破，自得其乐。有人爱买书，有人爱买衣裳，有人爱度周末，各随所好。把钱集中用在一点上，便可以比较容易适度满足自己的欲望。至于豪富之家，挥金如土，未必是福，穷奢极欲，乐极生悲，如果我们举例说明，则近似幸灾乐祸，不提也罢。纪元前五世纪雅典的泰蒙，享尽了人间的荣华富贵，也吃尽了世态炎凉的苦头，他最了解金钱的性质，他认识了金钱的本来面目，钱是人类的公娼！与其像泰蒙那样疯狂而死，不如早些疏散资财，做些有益之事，清清白白，赤裸裸来去无牵挂。

坏日子要飞快地度,
好日子要细细地品。

辑二

生活，就是要活得热热闹闹

吸烟

12

此后若干年,由一日一包,而一日两包,而一日一听。

＊　　＊　　＊　　＊　　＊

　　＊　　＊　　＊　　＊　　＊

烟，也就是菸，译音曰淡巴菰。这种毒草，原产于中南美洲，遍传世界各地，到明朝，才传进中土。利马窦在明万历年间以鼻烟入贡，后来鼻烟就风靡了朝野。在欧洲，鼻烟是放在精美的小盒里，随身携带。吸时，以指端蘸鼻烟少许，向鼻孔一抹，猛吸之，怡然自得。我幼时常见我祖父辈的朋友不时地在鼻孔处抹鼻烟，抹得鼻孔和上唇都染上焦黄的颜色。据说能明目祛疾，谁知道？我祖父不吸鼻烟，可是备有"十三太保"，十二个小瓶环绕一个大瓶，瓶口紧包着一块黄褐色的布，各瓶品味不同，放在一个圆盘里，奉献在客人面前。我们中国人比欧人考究，随身携带鼻烟壶，玉的、翠的、玛瑙的、水晶的，精雕细镂，形状百出。有的山水图画是从透明的壶里面画的，真是鬼斧神工，不知是如何下笔。壶有盖，盖下有小勺匙，以勺匙取鼻烟置一小玉垫上，然后用指端蘸而吸之。我家藏鼻烟壶数十，丧乱中只带出了一个翡翠盖的白玉壶，里面还存了小半壶鼻烟，百余年后，烈味未除，试嗅一小勺，立刻连打喷嚏不能止。

我祖父抽旱烟，一尺多长的烟管，翡翠的烟嘴，白铜的烟袋锅（烟袋锅子是塾师敲打学生脑壳的利器，有过经验的人不会忘记），著名的关东烟的烟叶子贮在一个绣花的红缎子葫芦形的荷包里。有些旱烟管四五尺长，若要点燃烟袋锅子里的烟草，则人非长臂猿，相当吃力，一时无人伺候则只好自己划一根火柴插在烟袋锅里，然后急速掉过头来抽吸。普通的旱烟管不那样长，那样长的不容易清洗。烟袋锅子里积的烟油，常用以塞进壁虎的嘴巴置之于死。

我祖母抽水烟。水烟袋仿自阿拉伯人的水烟筒，不过我们中国制造的白铜水烟袋，形状乖巧得多。每天需要上下抖动地冲洗，呱嗒呱嗒地响。有一种特制的烟丝，兰州产，比较柔软。用表心纸揉纸煤儿，常是动员大人孩子一齐动手，成为一种乐事。经常保持一两只水烟袋作敬客之用。我记得每逢家里有病人，延请名医周立桐来看病，这位飘着胡须的老者总是昂首登堂直就后炕的上座，这时候送上盖碗茶和水烟袋，老人拿起水烟袋，装上烟草，突的一声吹燃了纸煤儿，呼噜呼噜抽上三两口，然后抽出烟袋管，把里面烧过的烟烬吹落在他自己的手心里，再投入面前的痰盂，而且投得准。这一套手法干净利落。抽过三五袋之后，呷一口茶，才开始说话："怎么？又是哪一位不舒服啦？"每次如此，活龙活现。

我父亲是饭后照例一支雪茄，随时补充纸烟，纸烟的铁罐打开来，嘶的一声响，先在里面的纸签上写启用的日期，借以察考每日消耗数量不便过高。雪茄形似飞艇，尖端上打个洞，叼在嘴里真不雅观，可是气味芬芳。纸烟中高级者都是舶来品，中下级者如强盗牌在民初左右风行一时，稍后如白锡包、粉包、国产的联珠、前门等等，皆为一般人所乐用。就中以粉包为特受欢迎的一种，因其烟支之粗细松紧正合吸海洛因者打"高射炮"之用。儿童最喜欢收集纸烟包中附置的彩色画片。好像是前门牌吧，附置的画片是《水浒传》一百零八条好汉的画像，如有人能搜集全套，可得什么什么的奖品，一时儿童们趋之若鹜。可怜那些热心的收集者，枉费心机，等了多久多久，那位及时雨宋公明就是不肯亮相！是否有人集得全套，只有天知道了。

常言道，"烟酒不分家"，抽烟的人总是桌上放一罐烟，客来则敬烟，这是最起码的礼貌。可是到了抗战时期，这情形稍有改变。在后方，物资艰难，只有特殊人物才能从怀里掏出"幸运""骆驼""三五""毛利斯"在侪辈面前炫耀一番，只有豪门仕女才能双指夹着一支细长的红嘴的"法蒂玛"忸怩作态。一般人吸的是"双喜"，等而下之的便要数"狗屁牌"（Cupid）香烟了。这亵渎爱神名义的纸烟，气味如何自不待言，奇的是卷烟纸上有涂抹不匀的硝，吸的时候会像儿童玩的烟火"滴滴金"，噼噼啪啪地作响、冒火星，令人吓一跳。饶是烟质不美，瘾君子还是不可一日无此君，而且通常是人各一包深藏在衣袋里面，不愿人知是何品牌，要吸时便伸手入袋，暗中摸索，然后突地抽出一支，点燃之后自得其乐。一听烟放在桌上任人取吸，那种场面不可复见。直到如今，大家元气稍复，敬烟之事已很寻常，但是开放式的一罐香烟经常放在桌上，仍不多见。

　　我吸纸烟始自留学时期，独身在外，无人禁制，而天涯羁旅，心绪如麻，看见别人吞云吐雾，自己也就效颦起来。此后若干年，由一日一包，而一日两包，而一日一听。约在二十年前，有一天心血来潮，我想试一试自己有多少克己的力量，不妨先从戒烟做起。马克·吐温说过："戒烟是很容易的事，我一生戒过好几十次了。"我没有选择黄道吉日，也没有诹访室人，闷声不响地把剩余的纸烟一股脑儿丢在垃圾堆里，留下烟嘴、烟斗、烟包、打火机，以后分别赠给别人，只是烟灰缸没有抛弃。"冷火鸡"的戒烟法不大好受，一时间手足失措，六神无主，但是工作实在太忙，要发烟瘾没得工夫，实在熬不过就吃一块巧克力。巧克力尚未吃完一盒，又实在腻味，于是把巧克力也戒掉了。说来惭愧，我戒烟只此一遭，以后一直没有再戒过。

　　吸烟无益，可是很多人都说"不为无益之事何以遣有涯之生？"而且无益之事有很多是有甚于吸烟者，所以吸烟或不吸烟，应由各人自行权衡决定。有一个人吸烟，不知是为特技表演，还是为节省买烟钱，经常猛吸一口烟咽下肚，绝不污染体外的空气，过了几年此人染了肺癌。我吸了几十年烟，最后才改吸不花钱的新鲜空气。如果在公共场所遇到有人口里冒烟，甚或直向我的面前喷射毒雾，我便退避三舍，心里暗自咒诅："我过去就是这副讨人嫌恶的样子！"

戒烟 ⑬

电灯在上,地板在下,
我如再开烟禁,有如此烟!

＊　　＊　　＊　　＊　　＊

　　＊　　＊　　＊　　＊　　＊

戒烟的念头,起过好几次。第一次想戒烟,是在西历一千九百二十三年十一月三十日下午五点多钟,那时候衣袋里只剩两只角子,一块面包要一角三分,实际上我只有七分钱的盈余。要买整盒的香烟,无论什么牌子的,都很为难。当时我便下了一个绝大的决心,在我的寝室里行宣誓礼,拿出烟盒里最后一支香烟,折为两段,誓曰:"电灯在上,地板在下,我如再开烟禁,有如此烟!"

当晚口里便觉得油腻腻的难过,翻来覆去地睡不着觉。第二天清早起来,摸摸衣袋,还是那两只角子,不见多也不见少。我便打开衣橱,把我的几套破衣裳烂裤子捣翻出来,每一个口袋里伸手摸一次,探囊取物,居然凑集起来,摸出了两块多钱。可见我平常积蓄有素,此刻便可措置裕如。这两块多钱怎样用呢?除了吃一顿饱饭以外,我还买了一盒三角钱十支的"沙乐美"(一种麝香熏过的香烟名)。我便算是把烟禁开了。开禁的理由是:昨晚之戒烟,是因受经济的压迫,不是本愿,当然可以原谅。于是乎第一次戒烟失败。

一年过去了。屋角堆着的空烟盒子，堆到了三四尺高。一天清早，忽然发愿清理，统计之下，这一堆烟盒代表我已吸的烟约有一百三四十元之谱。未免心里有点感慨，想起往常用钱，真好像是一块钱一块钱地挂在肋骨上似的，轻易不肯忍痛摘用。如今吸烟就费如许金钱，真对不起将来的子孙。于是又下决心，实行戒烟，每月积下十元，作为储蓄。这戒烟的时期延长到半个多月。有一次，坐火车，车里面除了几位女太太几个小孩子一只小巴儿狗以外，几乎个个人抽烟，由雪茄以至关东，烟气冲天。这时候，我若不吸烟，可有什么旁的办法？凡事有经有权，我于是乎从权，开禁吸烟。我又于是乎一吸而不可复禁，饭后若不吸烟，喉咙里就好像有一只小手乱抓似的。没法子，第二次戒烟又失败了。

男大当娶，女大当嫁，我侥幸已经到了"大"的时期，并且也居然娶了。闺房之内，约法二章，一不吸烟二不饮酒。阃令森严，无从反抗。于是我又决计戒烟。但是怎样对朋友说呢？这是一个问题。

"老王，你还吸烟否？"

我说："戒烟了。"

"为什么又戒了？"

我说:"这两天喉咙痛。"

过几天我到朋友家去,桌上香烟火柴都是现成的,我便顺手吸一支。久之,朋友都看出我在外面吸烟,在家就戒烟,议论纷纷。纸里包不住火,我索性宣布了。我当众声明,我现在已然娶了太太,因为要维持应享的娶后的利益起见,决计戒烟,但是为保持我娶前的既得权起见,决计不立刻完全戒烟。枕上会议,议决:实行戒烟,但分两个步骤,第一步是从不买烟入手,第二步才是不吸烟。我如今已经娶了三年,还在第一期戒烟状态之中。若有人把烟送上门来,我当然却之不恭,受之却也无愧。若叫我自己出钱买烟,则戒烟条例具在,碍难实行。所以现在我家里,为款待来宾起见,谨备火柴,纸烟则由来宾自备了。我这一次戒烟,第一步总算成功了。但是吸烟的朋友们,鉴于我目前的成功和往昔的失败,都希望我快开烟禁!

饮酒

14

最令人难堪的是强人饮酒,或单挑,或围剿,或投下井之石,千方万计要把别人灌醉,有人诉诸武力,捏着人家的鼻子灌酒!

酒实在很妙。几杯落肚之后就会觉得飘飘然、醺醺然。平素道貌岸然的人，也会绽出笑脸；一向沉默寡言的人，也会议笑风生。再灌下几杯之后，所有的苦闷烦恼全都忘了，酒酣耳热，只觉得意气飞扬，不可一世，若不及时知止，可就难免玉山颓欹，剧吐纵横，甚至撒疯骂座，以及种种的酒失酒过全部地呈现出来。

　　莎士比亚的《暴风雨》里的卡利班，那个象征原始人的怪物，初尝酒味，觉得妙不可言，以为把酒给他喝的那个人是自天而降，以为酒是甘露琼浆，不是人间所有物。美洲印第安人初与白人接触，就是被酒所倾倒，往往不惜举土地畀人以换一些酒浆。印第安人的衰灭，至少一部分是由于他们的荒腆于酒。

　　我们中国人饮酒，历史久远。发明酒者，一说是仪狄，又说是杜康。仪狄夏朝人，杜康周朝人，相距很远，总之是无可稽考。也许制酿的原料不同、方法不同，所以仪狄的酒未必就是杜康的酒。《尚书》有《酒诰》之篇，谆谆以酒为戒，一再地说"祀兹酒"

（停止这样的喝酒），"无彝酒"（勿常饮酒），想见古人饮酒早已相习成风，而且到了"大乱丧德"的地步。三代以上的事多不可考，不过从汉起就有酒榷之说，以后各代因之，都是课税以裕国帑，并没有寓禁于征的意思。酒很难禁绝，美国一九二〇年起实施酒禁，雷厉风行，依然到处都有酒喝。当时笔者道出纽约，有一天友人邀我食于某中国餐馆，入门直趋后室，索五加皮，开怀畅饮。忽警察闯入，友人止予勿惊。这位警察徐徐就座，解手枪，锵然置于桌上，索五加皮独酌，不久即伏案酣睡。一九三三年酒禁废，直如一场儿戏。民之所好，非政令所能强制。

在我们中国，汉萧何造律："三人以上无故群饮酒，罚金四两。"此律不曾彻底实行。事实上，酒楼妓馆处处笙歌，无时不飞觞醉月。文人雅士水边修禊，山上登高，一向离不开酒。名士风流，以为持螯把酒，便足了一生，甚至于酗饮无度，扬言"死便埋我"，好像大量饮酒不是什么不很体面的事，真所谓"酗于酒德"。

对于酒，我有过多年的体验。第一次醉是在六岁的时候，侍先君饭于致美斋（北平煤市街路西）楼上雅座，窗外有一棵不知名的大叶树，随时簌簌作响。连喝几盅之后，微有醉意，先君禁我再喝，我一声不响站立在椅子上舀了一匙高汤，泼在他的一件两截衫上。随后我就倒在旁边的小木炕上呼呼大睡，回家之后才醒。我的父母都喜欢酒，所以我一直都有喝酒的机会。"酒有别肠，不必长大"，语见《十国春秋》，意思是说酒量的大小与身体的大小不必成正比例，壮健者未必能饮，瘦小者也许能鲸吸。

我小时候就是瘦弱如一根绿豆芽。酒量是可以慢慢磨炼出来的，不过有其极限。我的酒量不大，我也没有亲见过一般人所艳称的那种所谓海量。

古代传说"文王饮酒千盅，孔子百觚"，王充《论衡·语增》篇就大加驳斥，他说："文王之身如防风之君，孔子之体如长狄之人，乃能堪之。"且"文王、孔子，率礼之人也"，何至于醉酗乱身？就我孤陋的见闻所及，无论是"青州从事"或"平原督邮"，大抵白酒一斤或黄酒三五斤即足以令任何人头昏目眩粘牙倒齿。唯酒无量，以不及于乱为度，看各人自制力如何耳。不为酒困，便是高手。

酒不能解忧，只是令人在由兴奋到麻醉的过程中暂时忘怀一切。即刘伶所谓"无思无虑，其乐陶陶"。可是酒醒之后，所谓"忧心如酲"，那份病酒的滋味很不好受，所付代价也不算小。

我在青岛居住的时候，那地方背山面海，风景如绘，在很多人心目中是最理想的卜居之所，唯一缺憾是很少文化背景，没有古迹耐人寻味，也没有适当的娱乐。看山观海，久了也会腻烦，于是呼朋聚饮，三日一小饮，五日一大宴，划拳行令，三十斤花雕一坛，一夕而罄。七名酒徒加上一位女史，正好八仙之数，乃自命为"酒中八仙"。有时且结伙远征，近则济南，远则南京、北京，不自谦抑，狂言"酒压胶济一带，拳打南北二京"，高自期许，俨然豪气干云的样子。当时作践了身体，这笔账日后要算。

一日，胡适之先生过青岛小憩，在宴席上看到八仙过海的盛况大吃一惊，急忙取出他太太给他的一个金戒指，上面镌有"戒"字，戴在手上，表示免战。过后不久，胡先生就写信给我说："看你们喝酒的样子，就知道青岛不宜久居，还是到北京来吧！"我就到北京去了。现在回想当年酗酒，哪里算得是勇，直是狂。

酒能削弱人的自制力，所以有人酒后狂笑不止，也有人痛哭不已，更有人口吐洋语滔滔不绝，也许会把平素不敢告人之事吐露一二，甚至把别人的隐私而当众抖搂出来。最令人难堪的是强人饮酒，或单挑，或围剿，或投下井之石，千方百计要把别人灌醉，有人诉诸武力，捏着人家的鼻子灌酒！这也许是人类长久压抑下的一部分兽性之发泄，企图获取胜利的满足，比拿起石棒给人迎头一击要文明一些而已。那咄咄逼人的声嘶力竭的划拳，在赢拳的时候，那一声拖长了的绝叫，也是表示内心的一种满足。在别处得不到满足，就让他们在聚饮的时候如愿以偿吧！只是这种闹饮，以在有隔音设备的房间里举行为宜，免得侵扰他人。

《菜根谭》所谓"花看半开，酒饮微醺"的趣味，才是最令人低回的境界。

懒 ⑮

可以推给别人做的事,何必自己做?
可以拖到明天做的事,何必今天做?

*　　*　　*　　*　　*
　　　*　　*　　*　　*　　*

人没有不懒的。

大清早,尤其是在寒冬,被窝暖暖的,要想打个挺就起床,真不容易。荒鸡叫,由它叫。闹钟响,何妨按一下纽,在床上再赖上几分钟。白香山大概就是一个惯睡懒觉的人,他不讳言"日高睡足犹慵起,小阁重衾不怕寒"。他不仅懒,还馋,大言不惭地说:"慵馋还自哂,快活亦谁知。"白香山活了七十五岁,可是写了两千七百九十首诗,早晨睡睡懒觉,我们还有什么说的?

懒字从女①,当初造字的人好像是对于女性存有偏见。其实勤与懒与性别无关。历史人物中,疏懒成性者嵇康要算是一位。他自承:"不涉经学,性复疏懒,筋驽肉缓,头面常一月十五日不洗,不大闷痒,不能沐也。每常小便,而忍不起,令胞中略转,乃起耳。"同时,他也是"卧喜晚起"之徒,而且"性复多虱,

---

① "懒"的异体字为"嬾"。——编者注

把搔无已"。他可以长期地不洗头、不洗脸、不洗澡，以至于浑身生虱！和扪虱而谈的王猛都是一时名士。白居易"经年不沐浴，尘垢满肌肤"，还不是由于懒？苏东坡好像也够邋遢的，他有"老来百事懒，身垢犹念浴"之句，懒到身上蒙垢的时候才做沐浴之想。女人似不至此，尚无因懒而昌言无隐引以自傲的。主持中馈的一向是女人，缝衣捣砧的也一向是女人。"早起三光，晚起三慌"是从前流行的女性自励语，所谓三光、三慌是指头上、脸上、脚上。从前的女人，夙兴夜寐，没有不患睡眠不足的，上上下下都要伺候周到，还要揪着公鸡的尾巴就起来，来照顾她自己的"妇容"。头要梳，脸要洗，脚要裹。所以朝晖未上就花朵盛开的牵牛花，别称为"勤娘子"，懒婆娘没有欣赏的份，大概她只能观赏昙花。时到如今，情形当然不同，我们放眼观察，所谓前进的新女性，哪一个不是生龙活虎一般，主内兼主外，集家事与职业于一身？世上如果真有所谓懒婆娘，我想其数目不会多于好吃懒做的男子汉。北平从前有一个流行的儿歌："头不梳，脸不洗，拿起尿盆儿就舀米。"是夸张的讽刺。懒字从女，有一点冤枉。

凡是自安于懒的人，大抵有他或她的一套想法。可以推给别人做的事，何必自己做？可以拖到明天做的事，何必今天做？一推一拖，懒之能事尽矣。自以为偶然偷懒，无伤大雅。而且世事多变，往往变则通，在推拖之际，情势起了变化，可能一些棘手的问题会自然解决。"不须计较苦劳心，万事原来有命！"好像有时候馅饼是会从天上掉下来似的。这种打算只有一失，因为人生无常，如石火风灯，今天之后有明天，明天之后还有明天，可是谁也不知道自己还有没有明天。即使命不该绝，明天还有明天的事，事越积越多，越多越懒得去做。"虱多不痒，债多不愁"，那是自我解嘲！懒人做事，拖拖拉拉，到头来没有不丢三落四狼狈慌张的。你懒，别人也懒，一推再推，推来推去，其结果只有误事。

懒不是不可医，但须下手早，而且须从小处着手。这事需劳做父母的帮一把手。有一家三个孩子都贪睡懒觉，遇到假日还理直气壮地大睡，到时候母亲拿起晒衣服用的竹竿在三张小床上横扫，三个小把戏像鲤鱼打挺似的翻身而起。此后他们养成了早起的习惯，一直到大。父亲房里有几份报纸，欢迎阅览，但是他有一个怪毛病，任谁看完报纸之后，必须折好叠好放还原处，否则他就大吼大叫。于是三个小把戏触类旁通，不但看完报纸立即还原，对于其他家中日用品也不敢随手乱放。小处不懒，大事也就容易勤快。

我自己是一个相当地懒的人，常走抵抗最小的路，虚掷不少的光阴。"架上非无书，眼慵不能看"（白香山句）。等到知道用功的时候，徒惊岁晚而已。英国十八世纪的绥夫特，偕仆远行，路途泥泞，翌晨呼仆擦洗他的皮靴，仆有难色，他说："今天擦洗干净，明天还是要泥污。"绥夫特说："好，你今天不要吃早餐。今天吃了，明天还是要吃。"唐朝的高僧百丈禅师，以"一日不作，一日不食"自励，每天都要劳动做农事，至老不休。有一天他的弟子们看不过，故意把他的农具藏了起来，使他无法工作，他于是真个地饿了自己一天没有进食。得道的方外的人都知道刻苦自律。清代画家石溪和尚在他一幅《溪山无尽图》上题了这样一段话，特别令人警惕：

> 大凡天地生人，宜清勤自持，不可懒惰。若当得个懒字，便是懒汉，终无用处。……残衲住牛首山房朝夕梵诵，稍余一刻，必登山选胜，一有所得，随笔作山水数幅或字一段，总之不放闲过。所谓静生动，动必做出一番事业，端教一个人立于天地间无愧。若忽忽不知，懒而不觉，何异草木！

一株小小的含羞草，尚且不是完全的"忽忽不知，懒而不觉"，若是人而不如小草，羞！羞！羞！

病 ⑯

人在大病时，人生观都要改变。

※　　※　　※　　※　　※

　　※　　※　　※　　※　　※

鲁迅曾幻想到吐半口血扶两个丫鬟到阶前看秋海棠，以为那是雅事。其实天下雅事尽多，唯有生病不能算雅。没有福分扶丫鬟看秋海棠的人，当然觉得那是可羡的，但是加上"吐半口血"这样一个条件，那可羡的情形也就不怎样可羡，似乎还不如独自一个硬硬朗朗到菜圃看一畦萝卜白菜。

最近看见有人写文章，女人怀孕写作"生理变态"，我觉得这人倒有点"心理变态"。病才是生理变态。病人的一张脸就够瞧的，有的黄得像讣闻纸，有的青得像新出土的古铜器，比髑髅多一张皮，比面具多几个眨眼。病是变态，由活人变成死人的一条必经之路。因为病是变态，所以病是丑的。西子捧心蹙𫖮，人以为美，我想这也是私人癖好，想想海上还有逐臭之夫，这也就不足为奇。

我由于一场病，在医院住了很久。我觉得我们中国人最不适宜于住医院。在不病的时候，每个人在家里都可以做土皇帝，佣仆不消说是用钱雇来的奴隶，妻子只是供膳宿的奴隶，父母是志愿的奴隶，平日养尊处优惯了，一旦他老人家欠安违和，抬进医院，恨不得把整个的家（连厨房在内）都搬进去！病人到了医院，就好像是到了自己的别墅似的，忽而买西瓜，忽而冲藕粉，忽而打洗脸水，忽而灌暖水壶。与其说医院家庭化，毋宁说医院旅馆化，最像旅馆的一点，便是人声嘈杂，四号病人快要咽气，这并不妨碍五号病房的客人的高谈阔论；六号病人刚吞下两包安眠药，这也不能阻止七号病房里扯着嗓子喊黄嫂。医院是生与死的决斗场，呻吟号啕以及欢呼叫嚣之声，当然都是人情之所不能已，圣人弗禁。所苦者是把医院当作养病之所的人。

但是有一次我对于我隔壁房所发的声音，是能加以原谅的。是夜半，是女人声音，先是摇铃随后是喊"小姐"，然后一声铃间一声喊，由原板到流水板，愈来愈促，愈来愈高，我想医院里的人除了住了太平间的之外大概谁都听到了，然而没有人送给她所要用的那件东西。呼声渐变成号声，情急渐变成哀恳，等到那件东西等因奉此地辗转送到时，已经过了时效，不复成为有用的了。

旧式讣闻喜用"寿终正寝"字样，不是没有道理的。在家里养病，除了病不容易治好之外，不会为病以外的事情着急。如果病重不治必须寿终，则寿终正寝是值得提出来傲人的一件事，表示死者死得舒服。

人在大病时，人生观都要改变。我在奄奄一息的时候，就感觉人生无常，对一切不免要多加一些宽恕。例如对于一个冒领米贴的人，平时绝不稍予假借，但在自己连打几次强心针之后，再看着那个人贸贸然来，也就不禁心软，认为他究竟也还可以算作一个圆颅方趾的人。鲁迅死前遗言"不饶恕，也不求人饶恕"，那种态度当然也可备一格。不似鲁迅那般伟大的人，便在体力不济时和人类容易妥协。我僵卧了许多天之后，看着每个人都有人性，觉得这世界还是可留恋的。不过我在体温脉搏都快恢复正常时，又故态复萌，眼睛里揉不进沙子了。

弱者才需要同情，同情要在人弱时施给，才能容易使人认识那份同情，一个人病得吃东西都需要喂的时候，如果有人来探视，那一点同情就像甘露滴在干土上一般，立刻被吸收了进去。病人会觉得人类当中彼此还有联系，人对人究竟比兽对人要温和得多。不过探视病人是一种艺术，和新闻记者的访问不同，和吊丧又不同。我最近一次病，病情相当曲折，叙述起来要半小时，如用欧化语体来说半小时还不够。而来看我的人是如此诚恳，问起我的病状便不能不详为报告，而讲述到三十次以上时，便感觉像一位老教授年年在讲台上开话匣子那样单调而且惭愧。我的办法是，对于远路来的人我讲得要稍为扩大一些，而且要强调病的危险，为的是叫他感觉此行不虚，不使过于失望。对于邻近的朋友们则不免一切从简诸希矜宥！有些异常热心的人，如果不给我一点什么帮助，一定不肯走开，即使走开也一定不会愉快。我为使他愉快起见，口虽不渴也要请他倒过一杯水来，自己做"扶起娇无力"

状。有些道貌岸然的朋友,看见我就要脱离苦海,不免悟出许多佛门大道理,脸上愈发严重,一言不发,愁眉苦脸,对于这朋友我将来特别要借重,因为我想他于探病之外还适于守尸。

聋 ⑰

凡是不愿或不便回答的问题一概可以不动声色地置之不理,顾盼自若,面部无表情,大模大样地做大人物状,没有人疑到你是装聋。

＊　　＊　　＊　　＊　　＊
　　＊　　＊　　＊　　＊　　＊

　　近来和朋友们晤谈，觉得有几位说话的声音越来越小，好像是随时要和我谈论什么机密大事，喁喁哝哝，生怕隔墙有耳。我不喜欢听扯着公鸡嗓、破锣嗓、哗啦哗啦叫的人说话，他们使我紧张。抚节悲歌的时候，不妨声振林木，响遏行云，普通谈话应以使对方听到为度。可是朋友们若是经常和我叽叽喳喳地私语，只见其嗫嚅，不闻其声响，尤其是说到一句话里的名词动词一律把调门特别压低，我也着急。很奇怪，这样对我谈话的人渐渐多起来了。我心想，怪不得相书上说，声若洪钟，主贵；而贵人本是不多见的。我应付的方法首先是把座席移近，近到促膝的地步，然后是把并非橡皮制的脖子伸长，掀起耳朵，欹耳而听，最后是举起双手附在耳后扩大耳轮的收听效果。饶是这样，我有时还只是断断续续地听清楚了对方所说的一些连接词、形容词和冠词而已。久之，我明白了，不是别人噤口，是我自己重听。

　　耳顺之年早过，当然不能再"耳闻其言，而知其微旨"。聋聩毋宁说是人生到此的正常现象之一。《淮南子》说"禹耳三漏"，那是天下之大圣,聪明睿智,一个耳朵才能有三个穴,我们凡夫俗子修得人身,已比聋虫略胜一筹,不敢希望再有什么畸形发展。霜降以后,一棵树的叶子由黄而红,由枯萎而摇落,我们不以为异。为什么血肉之躯几十年风吹雨打之后,刚刚有一点老态龙钟,就要大惊小怪?世界上没有万年常青的树,蒲柳之姿望秋先落,也不过是在时间上有迟早先后之别而已。所以我发现自己日益聋蔽,夷然处之。我知道古往今来,有多少好人在和我做伴。贝多芬二十七岁起就在听觉上有了障碍,患中耳炎,然后愈来愈严重,到了四十九岁完全聋了,人家对他谈话只能以纸笔代喉舌,可是聋没有妨碍他作曲。杜工部五十六岁作"耳聋"诗,"眼复几时暗,耳从前月聋"。好像"猿鸣秋泪缺,雀噪晚愁空"皆叨耳聋之赐,独恨眼尚未暗!一定要耳不聪目不明才算满意!可是此后三数年他的诗作仍然不少。

耳聋当然有不便处。独坐斋中,有人按铃,我听不见,用拳头擂门,我还是听不见,急得那人翻墙跳了进来。我道歉一番耸耸肩做鹭鸶笑。有时候和人晤言一室之内,你道东来我道西,驴唇不对马嘴,所答非所问,持续很久才能弄清话题,幽默者莞尔而笑,性急者就要顿足太息,我也觉得窘。闹市中穿道路,需要眼观四路耳听八方,要提防市虎和呼啸而来的骑摩托车的拼命三郎,耳不聪目不明的人都容易吃亏,好在我早已为我自己画地为牢,某一条路以西,某一条路以北,那一带我视为禁区。

聋子也有因祸得福的时候。凡是不愿或不便回答的问题一概可以不动声色地置之不理，顾盼自若，面部无表情，大模大样地做大人物状，没有人疑到你是装聋。他一再地叮问，你一再地充耳不闻，事情往往不了了之。人世间的声音太多了，虫啾、蛙鸣、蝉噪、鸟啭、风吹落叶、雨打芭蕉，这一切自然的声音都是可以容忍的，唯独从人的喉咙里发出来的音波和人手操作的机械发出来的声响，往往令人不耐。在最需要安静的时候，时常有一架特大的飞机稀里哗啦地从头上飞过，或是芳邻牌局初散在门口呼车道别，再不就是汽车司机狂按喇叭代替按门铃，对于这一切我近来就不大抱怨，因为"五音令人耳聋"，我听不大见。耳聋之益尚不止此。世上说坏话的人多，说好话的人少，至少好话常留在人死后再说。白居易香炉峰下草堂初成，高吟"从兹耳界应清净，免见啾啾毁誉声"。如果他耳聋，他自然耳根清净无须诛茅到高峰之上了。有人说，人到最后关头，官感失灵，最后才是听觉，所以易箦之际，有人哭他，他心烦，没有人哭他，怕也不是滋味，不如干脆耳聋。

《时代》周刊（1970年8月10日，页44）有这样一段：

"我的听觉越来越坏，"贝多芬在1801年写道，"一位庸医为我的耳朵开的处方是多饮茶。"自从他于1827年逝世以后，许多学者推测其死因可能是血液循环不佳、梅毒，或伤寒症。科罗拉多大学医药中心的两位医生，斯提芬斯与海门威在 A.M.A.Journal（美国医学会会刊）上说，事实并非如此。他的聋乃是耳蜗硬化所致，现今用外科手术即可矫正。患此病症，中耳内之骨质生长过多,妨碍了震动之变成为神经冲动,于是无法把震动变成为声音。

贝多芬最初发觉对于高音调丧失听觉,是在二十七岁那一年。这样年轻的时候不可能有血液循环的病,也不可能有晚期梅毒的损伤。伤寒比较可信。不检视这位谱曲家的颞骨,谁也无法确定。一八六三年和一八八八年,他的脑壳两度接受检查,那些颞骨却不见了。显然的是最初解剖时即已取去。斯提芬斯与海门威下结论说:"也许在维也纳的一个被人遗忘了的地窖里,有一只装满甲醛液的瓶子,里面藏着答案。"

健忘

18

忘不一定是坏事。能主动地彻底地忘,需要上乘的功夫才办得到。

*　　*　　*　　*　　*
　　*　　*　　*　　*　　*

　　是爱迪生吧？他一手持蛋，一手持表，准备把蛋下锅煮五分钟，但是他心里想的是一桩发明，竟把表投在锅里，两眼盯着那个蛋。

　　是牛顿吧？专心做一项实验，忘了吃摆在桌上的一餐饭。有人故意戏弄他，把那一盘菜肴换为一盘吃剩的骨头。他饿极了，走过去吃，看到盘里的骨头叹口气说："我真糊涂，我已经吃过了。"

　　这两件事其实都不能算是健忘，都是因为心有所旁骛，心不在焉而已。废寝忘餐的事例，古今中外尽多的是。真正患健忘症的，多半是上了年纪的人。小小的脑壳，里面能装进多少东西？从五六岁记事的时候起，脑子里就开始储藏这花花世界的种种印象，牙牙学语之后，不久又"念、背、打"，打进去无数的诗云、子曰，说不定还要硬塞进去一套 ABCD，脑海已经填得差不多，大量的什么三角儿、理化、中外史地之类又猛灌而入，一直到了成年，脑子还是不得轻闲，做事上班、养家糊口，无穷无尽的荦阕事由需要记挂，脑子里挤得密不通风，天长日久，老态荐臻，脑子里怎能不生锈发霉而记忆开始模糊？

人老了，常易忘记人的姓名。大概谁都有过这样的经验：蓦地途遇半生不熟的一个人，握手言欢老半天，就是想不起他的姓名，也不好意思问他尊姓大名，这情形好尴尬，也许事后于无意中他的姓名猛然间涌现出来，若不及时记载下来，恐怕随后又忘到九霄云外。人在尚未饮忘川之水的时候，脑子里就已开始了清仓的活动。范成大诗："僚旧姓名多健忘，家人长短总佯聋。"僚旧那么多，有几个能令人长相忆？即使记得他的相貌特征，他的姓名也早已模糊了，倒是他的绰号有时可能还记得。

不过也有些事是终生难忘的，白居易所谓"老来多健忘，唯不忘相思"。当然相思的对象可能因人而异。大概初恋的滋味是永远难忘的，两团爱凑在一起，迸然爆出了火花，那一段惊心动魄的感受，任何人都会珍藏在他和她的记忆里，忘不了，忘不了。"春风得意马蹄疾"的得意事，不容易忘怀，而且唯恐大家不知道。沮丧、窝囊、羞耻、失败的不如意事也不容易忘，只是捂捂盖盖的不愿意一再地抖搂出来。

忘不一定是坏事。能主动地彻底地忘，需要上乘的功夫才办得到。《孔子家语》："哀公问于孔子曰：'寡人闻忘之甚者，徙而忘其妻，有诸？'孔子对曰：'此犹未甚者也。甚者乃忘其身。'"徙而忘其妻,不足为训,但是忘其身则颇有道行。人之大患在于有身,能忘其身即是到了忘我的境界。常听人说,忘恩负义乃是最令人难堪的事之一。莎士比亚有这样的插曲——

> 吹,吹,冬天的风,
> 你不似人间的忘恩负义
> 那样的伤天害理;
> 你的牙不是那样的尖,
> 因为你本是没有形迹,
> 虽然你的呼吸甚厉……
> 冻,冻,严酷的天,
> 你不似人间的负义忘恩
> 那般的深刻伤人;
> 虽然你能改变水性,
> 你的尖刺却不够凶,
> 像那不念旧交的人……

其实施恩示义的一方,若是根本忘怀其事,不在心里留下任何痕迹,则对方根本也就像是无恩可忘无义可负了。所以崔瑗《座右铭》有"施人慎勿念,受施慎勿忘"之语。马可·奥勒留说:"我们遇到忘恩负义的人不要惊讶,因为这世界上就是有这样的一种人。"这种见怪不怪的说法,虽然洒脱,仍嫌执着,不是最上乘义。《列子·周穆王》篇有一段较为透彻的见解:

宋阳里华子，中年病忘。朝取而夕忘，夕与而朝忘；在途则忘行，在室而忘坐；今不识先，后不识今。阖室苦之。谒史而卜之，弗占；谒巫而祷之，弗禁；谒医而攻之，弗已。鲁有儒生，自媒能治之，华子之妻以居产之半请其方。儒生曰："此固非封兆之所占，非祈请之所祷，非药石之所攻。吾试化其心，变其虑，庶几其瘳乎！"于是试露之，而求衣；饥之，而求食；幽之，而求明。儒生欣然告其子曰："疾可已也。然吾之方密传世，不以告人。试屏左右，独与居室七日。"从之。莫知其所施为也，而积年之疾，一朝都除。华子既悟，乃大怒，黜妻罚子，操戈逐儒生。宋人执而问其以。华子曰："曩吾忘也，荡荡然不觉天地之有无。今顿识既往，数十年来，存亡、得失、哀乐、好恶，扰扰万绪起矣。吾恐将来之存亡、得失、哀乐、好恶之乱吾心如此也，须臾之忘，可复得乎？"子贡闻而怪之，以告孔子。孔子曰："此非汝所及乎。"

然而健忘，自有诸多不便处。有人曾打电话给朋友，询问自己家里的电话号码。也有人外出餐叙，餐毕回家而忘了自家的住址，在街头徘徊四顾，幸而遇到仁人君子送他回去。更严重的是有人忘记自己是谁，自己的姓名、住址一概不知，真所谓物我两忘，结果只好被人送进警局招领。像华子所向往的那种"荡荡然不觉天地之有无"的境界，我们若能偶然体验一下，未尝不可，若是长久的那样精进而不退转，则与植物无大差异，给人带来的烦扰未免太大了。

理发 ⑲

头发是以剪为原则,但是附带着生薅硬拔的却也不免,最适当的抗议是对着那面镜子拧眉皱眼地做个鬼脸,而且希望他能看见。

* * * * *

* * * * *

理发不是一件愉快事。让牙医拔过牙的人，望见理发的那张椅子就会怵怵不安，两种椅子很有点相像。我们并不希望理发店的椅子都是檀木螺钿，或是路易十四式，但至少不应该那样的丑，方不方圆不圆的，死橛橛硬邦邦的，使你感觉到坐上去就要受人割宰的样子。门口担挑的剃头挑儿，更吓人，竖着的一根小小的旗杆，那原是为挂人头的。

但是理发是一种必不可免的麻烦。"君子整其衣冠，尊其瞻视，何必蓬头垢面，然后为贤？"理发亦是观瞻所系。印度锡克族，向来是不剪发不剃须的，那是"受诸父母，不敢毁伤"的意思，所以一个个的都是满头满脸毛氄氄的，滔滔皆是，不以为怪。在我们的社会里，就不行了，如果你鬅鬙着头发，就会有人疑心你是在丁忧，或是才从监狱里出来。髭须是更讨厌的东西，如果蓄留起来，七根朝上八根朝下都没有关系，嘴上有毛受人尊敬，如果刮得光光的露出一块青皮，也行，也受人尊敬，唯独不长不短的三两分长的髭须，如鬃鬣，如刺猬，如刈后的稻秆，看起来令人不敢亲近，鲁智深"腮边新剃暴长短须，戗戗地好渗濑人"，所以人先有五分怕他。钟馗须髯如戟，是一副啖鬼之相。我们既不想吓人，又不欲啖鬼，而且不敢不以君子自勉，如何能不常到理发店去？

理发匠并没有令人应该不敬重的地方，和刽子手屠户同样的是一种为人群服务的职业，而且理发匠特别显得高尚，那一身西装便可以说是高等华人的标志。如果你交一个刽子手朋友，他一见到你就会相度你的脖颈，何处下刀相宜，这是他的职业使然。理发匠俟你坐定之后，便伸胳膊挽袖相度你那一脑袋的毛发，对于毛发所依附的人并无兴趣。一块白绸布往你身上一罩，不见得是新洗的，往往是斑斑点点的如虎皮宣。随后是一根布条在咽喉处一勒。当然不会致命，不过箍得也就够紧，如果是自己的颈子大概舍不得用那样大的力。头发是以剪为原则，但是附带着生薅硬拔的却也不免，最适当的抗议是对着那面镜子拧眉皱眼地做个鬼脸，而且希望他能看见。人的头生在颈上，本来是可以相当地旋转自如的，但是也有几个角度是不大方便的，理发匠似乎不大顾虑到这一点，他总觉得你的脑袋的姿势不对，把你的头扳过来扭过去，以求适合他的刀剪。我疑心理发匠许都是孔武有力的，不然腕臂间怎有那样大的力气？

椅子前面竖起的一面大镜子是颇有道理的，倒不是为了可以显影自怜，其妙在可以知道理发匠是在怎样收拾你的脑袋，人对于自己的脑袋没有不关心的。戴眼镜的朋友摘下眼镜，一片模糊，所见亦属有限。尤其是在刀剪晃动之际,呆坐如僵尸,轻易不敢动弹,对于左右坐着的邻客无从瞻仰,是一憾事。左边客人在挺着身子刮脸,声如割草,你以为必是一个大汉,其实未必然,也许是个女客;右边客人在喷香水擦雪花,你以为必是佳丽,其实亦未必然,也许是个男子。所以不看也罢,看了怪不舒服。最好是废然枯坐。

其中比较最愉快的一段经验是洗头。浓厚的肥皂汁滴在头上,如醍醐灌顶,用十指在头上搔抓,虽然不是麻姑,却也手似鸟爪。令人着急的是头皮已然搔得清痛,而东南角上一块最痒的地方始终不会搔到。用水冲洗的时候,难免不泛滥入耳,但念平素盥洗大概是以脸上本部为限,边远陬隅辄弗能届,如今痛加涤荡,亦是难得的盛举。电器吹风,却不好受,时而凉风习习,时而夹上一股热流,热不可当,好像是一种刑罚。

最令人难堪的是刮脸。一把大刀锋利无比,在你的喉头上眼皮上耳边上,滑来滑去,你只能瞑目屏息,捏一把汗。Robert Lynd写过一篇《关于刮脸的讲道》,他说:"当剃刀触到我的脸上,我不免有这样的念头:'假使理发匠忽然疯狂了呢?'很幸运的,理发匠从未疯狂过,但我遭遇过别种差不多的危险。例如,有一个矮小的法国理发匠在雷雨中给我刮脸,电光一闪,他就跳得老高。还有一个喝醉了的理发匠,拿着剃刀找我的脸,像个醉汉的样子伸手去一摸却扑了个空。最后把剃刀落在我的脸上了,他却靠在那里镇定一下,靠得太重了些,居然把我的下颊右方刮下了一块胡须，刀还在我的皮上，我连抗议一声都不敢。就是小声说一句，我觉得，都会使他丧胆而失去平衡，我的颈静脉也许要在他不知不觉间被他割断，后来剃刀暂时离开我的脸了，大概就是法国人所谓 Reculer pour mieux sauter（退回去以便再向前扑），我趁势立刻用梦魇的声音叫起来：'别刮了，别刮了，够了，谢谢你'……"

这样的怕人的经验并不多有。不过任何人都要心悸，如果在刮脸时想起相声里的那段笑话，据说理发匠学徒的时候是用一个带茸毛的冬瓜来做试验的，有事走开的时候便把刀向瓜上一刹，后来出师服务，常常错认人头仍是那个冬瓜。刮脸的危险还在其次，最可恶的是他在刮后用手毫无忌惮地在你脸上摸，摸完之后你还得给他钱！

职业 ㉒

我是道道地地的一个『无业之人』。

* * * * *

* * * * *

职业,原指有官职的人所掌管的业务,引申为一切正当合法的谋生糊口的行当。一百二十行,乃至三百六十行,都可视为职业。纡青拖紫,服冕乘轩,固然是乐不可量的职业;引车卖浆,贩夫走卒之辈,也各有其职业。都是啖饭,唯其饭之精粗美恶不同耳。

宋沈括《梦溪笔谈》:"林君复多所乐,唯不能着棋。常言:'吾于世间事,唯不能担粪与着棋耳。'"着棋与担粪并举,盖极形容二者皆为鄙事,表示不屑之意。在如今看来,担粪是农家子不可免的劳动,阵阵的木樨香固然有得消受,但是比起某一些蝇营狗苟的宦场中人之蛇行匍匐,看上司的嘴脸,其龌龊难当之状为何如?至于弈棋,虽曰小道,亦有可观,比饱食终日言不及义要好一些,且早已成为文人雅士的消遣,或称坐隐,或谓手谈。今则有职业棋士,犹拳击之有职业拳手。着棋也是职业。

我的职业是教书,说得文雅一点是坐拥皋比,说得难听一些是吃粉笔末。其实哪有皋比可坐,课室里坐的是冷板凳。前几年我的一位学生自澳洲来，贻我袋鼠皮一张，旋又有绵羊皮一张，在寒冷时铺在我房里的一把小小的破转椅上，这才隐隐然似有坐拥皋比之感。粉笔末我吃得不多，只因我懒，不大写黑板。教书好歹是个职业，至于在别人眼里这是什么样的一种职业，我也管不了许多。通常一般人说教书是清高的职业，我听了就觉得惭愧。"清"应该作"清寒"解，有一阵子所谓清寒教授在逢年过节的时候可以轮流领到小小一笔钱，是奖励还是慰问，我记不得了，我也叨领过一两次，具领之际觉得有一丝寒意，清寒的寒。至于"高"，更不知从何说起了，除非是指那座高高的讲台。

有些心直口快的人对于教书的职业作较彻底的评估。记得我在抗战胜利后返回家乡，遇到一位拐弯抹角的亲戚，初次谋面不免寒暄几句，他问我"在什么地方得意"，我据实以告，在某某学校教书，他登时脸色一变，随口吐出一句真言："啊，吃不饱，饿不死。"这似是实情，但也是夸张。以我所知，一般教授固然不能像东方朔所说"侏儒饱欲死"，也不见得都像杜工部所形容的"甲第纷纷厌粱肉，广文先生饭不足"，饭还是吃饱了的，没听说有谁饿死，顶多是脸上略有菜色而已。然而我听了这样率直的形容，好像是在人面前顿时矮了一截。在这"吃不饱饿不死"状态之下，居然延年益寿，拖了几十年，直到"强迫退休"之后又若干年的今天。说不定这正是拜食无求饱之赐。

有一回应邀参加一次宴会，举座几乎尽是权门显要，已经有"衣敝缊袍，与衣狐貉者立"的感觉，万没想到其中有一位却是学优而仕平步青云的旧相识,他好像是忘了他和我一样在同一学校曾经执教,几杯黄汤下肚之后,他再也按捺不住,歪头苦笑睨我而言曰:"你不过是一个教书匠,胡为厕身我辈间?"此言一出,一座尽惊。主人过意不去,对我微语:"此公酒后,出言无状。"其实酒后吐真言,"教书匠"一语夙所习闻,只是尊俎间很少以此直呼。按教书而能成匠,亦非易事。必须对其所学了如指掌,然后才能运用匠心教人以规矩,否则直是庆家,焉能问世?我不认为教书匠是轻蔑语。

如今在学校教书,和从前不同,像马融"坐高堂,施绛纱帐,前授生徒,后列女乐"那样的排场,固然不敢想象,就是晚近三家村的塾师动不动拿起烟袋锅子敲脑壳的威风亦不复见。我小时候给老师送束脩,用大红封套,双手奉上,还要深深一揖。如今老师领薪,要自己到出纳室去,像工厂发工资一样。教师是佣工的性质。听说有些教师批改作文卷子不胜其烦,把批改的工作发包出去,大包发小包,居然有行有市。

尊师重道是一个理想,大概每年都有人口头上说一次。大学教授之"资深优良"者有奖,照章需要自行填表申请。我自审不合格,故不欲填表,但是有一年学校主事者认为此事与学校颜面有关,未征同意就代为申请了,列为是三十年资深优良教师之一。经层峰核可,颁发奖金匾额。我心里悬想,匾额之颁发或有相当仪式,也许像病家给医师挂匾,一路上吹吹打打,甚至放几声鞭炮,门口围上一些看热闹的人。我想错了。一切从简。门铃响处,一位工友满头大汗，手提一个相当大的镜框（比理发店墙上挂的大得多），问明主人姓氏，像是已经验明正身，把手中的镜框丢在地上，扬长而去。镜框里是四个大字（记不得是什么字了），有上款下款，朱印灿然。我叹息一声，把它放在我认为应该放置的地方。

教书这种职业有其可恋的地方。上课的时间少，空余的闲暇多，应付人事的麻烦少，读书进修的机会多。俗语说："三年讨饭，不肯做官。"实在是懒散惯了，受不得拘束。教书也是如此，所以我滥竽上庠，一蹭就是几十年，直到有一天听说法令公布，六十五岁强迫退休。退休是好事，求之不得，何必强迫？我立刻办理手续，当时真有朋友涕泣以告："此事万万使不得，赶快申请延期，因为一旦退休，生活顿失常态，无法消遣，不知所措。可能闷出病来，加速你的老化。"我没听。今已退休二十年，仍觉时间不够用，一天只有二十四小时。

退休给我带来一点小小的困扰。有一年要换新的身份证。我在申请表格职业栏里除原有的"某校教授"字样下面加添一个括弧，内书"退休"二字。办事的老爷大概是认为不妥。新身份证发下，职业一栏干脆是一个"无"字。又过几年，再换身份证，办事的老爷也许也发觉不妥，在"无"字下又添了一个括弧，内书"退休"。其实职业一栏填个"无"字并不算错。本来以教书为业，既已退休，而且是当真退休，不是从甲校退休改在乙校授课，当然也就等于是无业，也可说是长期失业。只是"无业"二字,易与"游民"二字连在一起,似觉脸上无光。可是回心一想,也就释然。《大戴礼记·曾子立事第四十九》:"其少不讽诵,其壮不论议,其老不教诲,亦可谓无业之人矣。"我是道道地地的一个"无业之人"。

退休 ㉑

完全摆脱赖以糊口的职务,做自己衷心所愿意做的事。

* * * * *

* * * * *

退休的制度，我们古已有之。《礼记·曲礼》："大夫七十而致事。"致事就是致仕，言致其所掌之事于君而告老，也就是我们如今所谓的退休。礼，应该遵守，不过也有人觉得未尝不可不遵守。"礼岂为我辈设哉？"尤其是七十的人，随心所欲不逾矩，好像是大可为所欲为。普通七十的人，多少总有些昏聩，不过也有不少得天独厚的幸运儿，耄耋之年依然矍铄，犹能开会剪彩，必欲令其退休，未免有违笃念勋耆之至意。年轻的一辈，劝你们少安毋躁，棒子早晚会交出来，不要抱怨"我在，久压公等"也。

该退休而不退休，这种风气好像我们也是古已有之。白居易有一首诗《不致仕》：

> 七十而致仕，礼法有明文。
> 何乃贪荣者，斯言如不闻。
> 可怜八九十，齿堕双眸昏。
> 朝露贪名利，夕阳忧子孙。

> 挂冠顾翠緌，悬车惜朱轮。
> 金章腰不胜，伛偻入君门。
> 谁不爱富贵，谁不恋君恩。
> 年高须告老，名遂合退身。
> 少时共嗤诮，晚岁多因循。
> 贤哉汉二疏，彼独是何人。
> 寂寞东门路，无人继去尘。

汉朝的疏广及其兄子疏受位至太子太傅、少傅，同时致仕，当时的"公卿大夫故人邑子设祖道，供张东都门外，送者车数百两，辞决而去。及道路观者皆曰：'贤哉二大夫！'或叹息为之下泣"，这就是白居易所谓的"汉二疏"。乞骸骨居然造成这样的轰动，可见这不是常见的事，常见的是"伛偻入君门"的"爱富贵""恋君恩"的人。白居易"无人继去尘"之叹，也说明了二疏的故事以后没有重演过。

从前读书人十载寒窗，所指望的就是有一朝能春风得意，纡青拖紫，那时节踌躇满志，纵然案牍劳形，以至于龙钟老朽，仍难免有恋栈之情，谁舍得随随便便地就挂冠悬车？真正老骥伏枥志在千里的人是少而又少的，大部分还不是舍不得放弃那五斗米、千钟禄、万石食？无官一身轻的道理是人人知道的，但是身轻之后，囊橐也跟着要轻，那就诸多不便了。何况一旦投闲置散，一呼百诺的煊赫的声势固然不可复得，甚至于进入了"出无车"的状态，变成了匹夫徒步之士，在街头巷尾低着头逡巡疾走不敢见人，那情形有多么惨。一向由庶务人员自动供应的冬季炭盆所需的白炭，四时陈设的花卉盆景，乃至于琐屑如卫生纸，不消说都要突告来源断绝，那又情何以堪？所以一个人要想致仕，不能不三思，三思之后恐怕还是一动不如一静了。

如今退休制度不限于仕宦一途，坐拥皋比的人到了粉笔屑快要塞满他的气管的时候也要引退。不一定是怕他春风风人之际忽然一口气上不来，是要他腾出位子给别人尝尝人之患的滋味。在一般人心目中，冷板凳本来没有什么可留恋的，平素吃不饱饿不死，但是申请退休的人一旦公开表明要撤绛帐，他的亲戚朋友又会一窝蜂地惶惶然、戚戚然，几乎要垂泣而道地劝告说他："何必退休？你的头发还没有白多少，你的脊背还没有弯，你的两手也不哆嗦，你的两脚也还能走路……"言外之意好像是等到你头发全部雪白，腰弯得像是"？"一样，患上了帕金森症，走路就地擦，那时候再申请退休也还不迟。是的，是有人到了易箦之际，朋友们才急急忙忙地为他赶办退休手续，生怕公文尚在旅行而他老先生沉不住气，弄到无休可退，那就只好鼎惠恳辞了。更有一些知心的抱有远见的朋友们，会慷慨陈词："千万不可退休，退休之后的生活是一片空虚，那时候闲居无聊，闷得发慌，终日彷徨，悒悒寡欢……"把退休后生活形容得如此凄凉，不是没有原因的，因为平素上班是以"喝喝茶，签签到，聊聊天，看看报"为主，一旦失去喝茶签到聊天看报的场所，那是会要感觉无比的枯寂的。

理想的退休生活就是真正的退休，完全摆脱赖以糊口的职务，做自己衷心所愿意做的事。有人八十岁才开始学画,也有人五十岁才开始写小说,都有惊人的成就。"狗永远不会老得到了不能学新把戏的地步。"何以人而不如狗乎?退休不一定要远离尘嚣,遁迹山林,也无须隐藏人海,杜门谢客——一个人真正的退休之后,门前自然车马稀。如果已经退休的人还偶然被认为有剩余价值,那就苦了。

美好的东西,
我们应该学会欣赏。

辑三

人生毕竟是非常可爱的啊

蚊子与苍蝇

22

一个苍蝇嘤嘤嘤,两个苍蝇嗡嗡嗡,一群苍蝇轰轰轰!

*　　　*　　　*　　　*　　　*

　　　　　*　　　*　　　*　　　*　　　*

　　我家里人口众多。除了我和我的太太，还有一个娘姨以外，有几千几百只的苍蝇，有几千几百只的蚊子。苍蝇蚊子和我们很亲近，苍蝇和我们亲近的时候在早晨，蚊子和我们亲近的时候在夜里。所以我们可以很从容地和它们周旋。一缕阳光从窗子射到我的太太的脸上，随后就有一只苍蝇不远千里而来，绕床三匝，不晓得在何处栖止才好，我蜷卧床头，静以待变。只见这只苍蝇飞去飞来，嗡嗡有声，不偏不倚地正正落在我的太太的鼻尖上。太太的上嘴唇翕动了一下，我揣测她的意思，大概是表示她的鼻尖有感觉的。那只苍蝇也有本领，真禁得起震动，抖抖翅膀，仍然高踞在鼻尖上。假使苍蝇能老老实实在鼻尖上占一席地，我的太太素来是很有度量的，未曾不可以和它相安无事。无奈那只苍蝇，动手动脚地东搔西挠。太太着实不耐烦，只能伸出手来，加以驱除。太太的鼻尖，像有吸力一般，苍蝇飞起来绕了几个圈子，仍然归到原处。如是者数次。假使苍蝇肯换一个地方，太太或者也可以相当地容忍。她忍不住了，把头钻到被里去。苍蝇甚觉没趣，搭讪着又来和我亲近。

物以类聚，一点也不错。苍蝇的合群心恐怕要在我们中国人以上。记得小时候唱过一个《苍蝇歌》，内中的警句是："一个苍蝇嘤嘤嘤，两个苍蝇嗡嗡嗡，一群苍蝇轰轰轰！"苍蝇的音乐，的确是由清悠以渐至于雄壮。当其嘤嘤的时候，我便从梦中醒来，侧耳而听，等到嗡嗡的时候，我便翻过身去，想在较远的地方去听，到了轰轰的时候，我便兴奋得由床上跳起来了，音乐感人之深，不亦伟哉！

过了一天非人的生活了，到了夜晚想做一件人做的事，睡觉。但是，不忙睡，宝贝的蚊子来了。蚊子由来访以至于兴辞，双方的工作不外下列几种：（一）蚊子奏细乐；（二）我挥手致敬；（三）乐止；（四）休息片刻；（五）是我不当心，皮肤碰了蚊子的嘴，奇痛；（六）蚊子奏乐；（七）我挥手送客；（八）我痒；（九）我抓；（十）我还痒；（十一）我还抓；（十二）出血；（十三）我睡着了。睡着以后，双方仍然工作，但稍简单一些，前四段工作一概豁免。清晨醒来，察视一夜工作的痕迹，常常发现腿部做玉蜀黍状，一粒一粒地凸起来。有时候面部略微改变一点形状，例如嘴唇加厚，鼻梁增高。有时工作过度，面部一块白一块红的，做豆沙粽子状。据脑筋灵敏的人说，若做一床帐子，则蚊子与苍蝇自然可以不做入幕之宾，有用的精神也可以不用再与蚊蝇亲近了。但我已和太太商量就绪，在下月发薪以前，无论如何，我们仍然要保持大国民的态度，对蚊蝇决不排斥。

老憨看跳舞

㉓

够了够了。今天领教不少,真正的跳舞,等到我修养几天以后再说吧。

辑三 / 人生毕竟是非常可爱的啊

* * * * *

* * * * *

听说世界上有跳舞这么一回事。我不但没跳过,看还不曾看过。人家说我是老憨,我也不觉得十分冤枉。

有一天晚上八爷实在看不下去了。他说:"你看看跳舞去吧,你不敢去,我领你去。"

我同八爷二人浩浩荡荡地从北四川路往南走。我心里又惊又喜,惊的是破题儿第一遭不知怎样办法,喜的是见见世面,也不枉到上海了一场。

行行重行行,到了一个不三不四的去处,招牌上写着"Mascot Cafe",据说这是一个带跳舞的咖啡店。招牌上是洋字,我心里就先着慌。我望望八爷,八爷望望我。他说:"进去吧。"我说:"进去啵!"

"这道儿真黑!"

"可不是吗，八爷，这道儿是真真黑！"

街上没有一盏灯，天上没有一颗星。

弯弯曲曲地走进去了。八爷想在我后面走，但是我也不想在他前面走。结果是，两人并着肩走。然而我心里还是慌。

走进一个酒排间，所谓"Bar"者，有两个白衣白裙的侍者向我狞笑，做吃人状。我心想，这大概是凶多吉少了。八爷不语，我只见他的牙齿咬紧了嘴唇，两手握着拳头。

又一转弯，又一拐角，又向右数步，又向左一转，哎哟天啊！我已走到了那间挤满了人的、堆满了肉的跳舞厅。东是一块肉，西也是一块肉，这里是一根擦粉的胳臂，那里是一条擦粉的大腿！还有一张一张的血渍似的嘴，一股一股醉熏死人的奇香奇臭。还有宰猪似的琴声歌声。我敬告不敏，我已昏了！

伸手摸了一下，八爷还在我的身旁，稍微放心一些，我定了一定神，举目四望，迷迷糊糊地看出些人形了，似乎是全是外国人，并且男的都是洋兵。

我顿然觉察，只我们两个是中国人。想到此地，打了一冷战，再举目看时，只见有几十百条视线全集中在我们两个身上，觉得这些视线刺得有点痛起来！

"我们走吧！"

"走吧！"

我们像被猎人追着似的走了出来，三步并两步地走出街上。"这就叫跳舞吗？"我喘着问。

八爷说："哪里，我们去太早了，他们还没跳呢！"我说："够了够了。今天领教不少，真正的跳舞，等到我修养几天以后再说吧。"我回家去了，做了一夜的噩梦，梦见的只是嘴、胳臂、大腿等等。

奖券

24

人无横财不富,看着别人富,不也很好吗?

* * * * *

* * * * *

"人无横财不富,马无夜草不肥。"这道理谁不知道?靠了一点微薄的收入,维持一家的温饱,还要设法撙节,储备不时之需,那份为难不说也罢。可是各种形式的巧取豪夺,若是自己没有那种能耐,横财又从哪里来呢?馅饼会从天上掉下来吗?若真从天上掉下来,你敢接吗?说不定会烫手,吃不了兜着走。

有人想,也许赌博可以带来一笔小小的横财。"舍不得孩子套不着狼",筹得一点赌资,碰碰运气,说不定就有斩获。打麻将吧,包括卫生的与不卫生的两种在内,长期地磨手指头,总会有时缔造佳绩,像清一色杠上开花什么的,还可能会令人兴奋得大叫一声而亡,或一声不响地溜到桌下。不过这种奇迹不常见。推牌九吧,一翻两瞪眼,没得说的,可是坐庄的时候若是翻出了"皇上",通吃,而且可以吃十三道的注子,这笔小财就足够折腾好几天了。常言道,久赌无赢家,因为赌资只有那么多,赌来赌去总额不会多,只有越来越少,都被头家抽头拿去了。赌博不是办法,运气不好还可能被捉将官里去。

无已,买彩票吧。彩票,今称奖券。买奖券也是撞大运,也是赌博的一种,花少量的钱,希冀获得大奖。奖,是劝勉的意思。《左传·昭公二十二年》:"无亢不衷,以奖乱人。"买奖券的人不一定是乱人,但也绝不一定是善人。花几十块钱买彩票,何功何德,就会使老天爷(或财神爷)垂青于你?或者只能说那是靠坟地的风水,祖上的阴功。但是谁都愿试一试看,看坟地风水如何,祖上有无阴功。一试不成,再试,试之不已,也许有一天财气会逼人而来。若是始终不能邀天之幸,次次落空,则所失有限,也不必多所怨尤。

奖券既是赌的性质,赌是不合法的,难道不怕有人来抓赌?这又是过虑。奖券如公然发售,必然是合法的,究竟合的是什么法,民法、刑法、银行法,就不必问。奖券所得如果是为了拨作公益或充裕国帑,更不妨鼓励投机,投机又有何伤?从来没听说过什么人因买奖券而倾家荡产,也从来没听说过什么人因买了奖券就不务正业。

我没买过奖券,不是不想发财,是买了奖券之后,念兹在兹,神魂颠倒,一心以为大奖之将至,这一段悬宕焦急的时间不好过。若是臆想大奖到手之后,如何处分那笔横财,买房好还是置地好,左思右想拿不定主意,更增苦痛。其实中奖的机会并不大,猫咬尿泡的结果不能免,所以奖券还是由别人去买,这笔财由别人去发,安分守己,比较妥当。人无横财不富,看着别人富,不也很好吗?

如今时尚是处处模仿西方国家，西方国家有专靠赌博维持命脉的，也有借赌博以广招徕的所谓赌城，各地人士趋之若鹜。我们的国家尚未沦落到这个地步，我们顶多在餐馆用膳的时候，常突然闯进不速之客，有男女老少，每个都低声下气地兜售奖券。他并不强销，他和颜悦色。他不受欢迎的时候多，偶尔也有拒绝买券而又慷慨解囊的人，那就像是施舍了。

统一发票是良好制度，而且月月开奖。除了观光饭店和书店之外，很少商家不费唇舌就开发票给我。我若索取，他会应我所求，但是脸上的颜色有时就不好看。所以我不强求，但是每月也积有若干张，开奖翌日报纸上揭露出来，核对号码的时候觉得心在跳。若干年来没有得过一次奖，最起码的尾字奖也不曾轮到过我，只怪自己命小福薄。后来经高人指点，我才知道统一发票的持有人需将发票的号码剪下来贴在明信片上寄交某处，然后才有资格参加摇奖，这是在发票的下端印得明明白白，然而那两行字体特别小，怪我自己昏聩没有注意。可是统一发票带给我无数次的希望，无数次的失望，我并没有从此厌恶统一发票。相反的，统一发票帮过我一次大忙。我和菁清到一个饭店吃自助餐，餐毕付钱，侍者送来零头和发票。我们走到出口处就被人一把揪住了："怎么，没付账就走？"吃白食是我一辈子没想到要做的事。我没有辩白，拿出统一发票给他看。当场受窘的不是我，满脸通红的也不是我。奖券都不买，统一发票还兑什么奖？从此，发票一到手，一出商店门，便很快地把它投到应该投的地方去。

看样子，我是与奖无缘。

是热了

25

我看见我家养的那条大黄狗,伸出半尺来长的红舌头,呼呼地喘,我这才有一点疑心,大概是热了。

＊　　＊　　＊　　＊　　＊

　　＊　　＊　　＊　　＊　　＊

　　我疑心我是得了什么病，身体里面的水分不从平常的途径发泄，而在周身皮肤的孔里不住地分泌。并且我不知是因为什么不喜欢在太阳光下走路，而喜欢在荫凉的地方坐着。我的家人告诉我，这是因为天热的缘故。后来我看见我家养的那条大黄狗，伸出半尺来长的红舌头，呼呼地喘，我这才有一点疑心，大概是热了。

　　但是真理就怕研究，一研究，真理就出来。我当细心研究矣，知道现今天气热，确是真的。并且证据很多，除了黄狗伸舌以外，还有许多旁的证明。

　　有一天我在晚上去看朋友，方要踏进弄堂口，似乎觉得鞋底与一块肉质的东西接触了。我当时心想，在这种时候在这种地方，除了野狗以外，或者没有别的肉质的东西。然而我竟错了。那一块肉忽然发出一种声音，我敢起誓，绝不是犬吠，并且我听上去有点耳熟。细一辨察，啊哟！真罪过，这块肉原来是和你和我一样的一个活人。既是活人，为什么铺块凉席，睡在弄堂口呢？这很简单，是热了！

我走到朋友家门口，敲了几下门，从门缝里漏出一声隐隐约约的"啥人？"紧接着又是好几嗓子的严厉的质问。我赶紧声明，一不是抢匪，二不是讨债，三不是收捐，那扇门才呀的一声开了半扇，我斜着肚子挤进去了。谈话不久，忽然间听见百货公司有人大声宣布，约请什么什么老板唱卖马的二段！我知道我这位朋友是不谙乐理的，为什么忽然发奋？再说这声音之大，迥非凡响，芳邻似乎也决不至于把留声机搬到他家里来唱。我的朋友说："李先生府上又放焰口了！"

我知道所谓放焰口者，大概就是留声机的"卖马"。我说："声音为何这样大？"

他说："在晒台上唱呢，这焰口真不小，前后左右二三十家的邻居全都算是预约了死后的超度。"

我问："为什么在晒台上唱？"

他说："是热了！"

随后又听到清脆可听的洗牌声，就好像是他们正在改葬祖坟，收拾残碎骨头的声音。

我的朋友说:"晒台上又打起牌来了!"

我说:"是热了!"

我谈完了话,马上兴辞。我的朋友送我到门口,我仔细地用慧眼观察,发现我的朋友并未穿起长衫。送客(尤其是在礼教之邦送客)为什么不穿长衫?我想:是热了!

有以上这些证据,我暂时相信,大概是热了。

父母的爱

26

父母的爱是天生的,是自然的,如天降甘霖,需然而莫之能御,是无条件的施与而不望报。

＊　　＊　　＊　　＊　　＊
　　　＊　　＊　　＊　　＊　　＊

　　父母的爱是天地间最伟大的爱。一个孩子，自从呱呱坠地，父母就开始爱他，鞠之育之，不辞劬劳。稍长，令之就学，督之课之，唯恐不逮。及其成人，男有室，女有归，虽云大事已毕，父母之爱固未尝稍杀。父母的爱没有终期，而且无时或弛。父母的爱也没有差别，看着自己的孩子牙牙学语，无论是伶牙俐齿或笨嘴糊腮，都觉得可爱。眉清目秀的可爱，浓眉大眼的也可爱；天真活泼的可爱，调皮捣蛋的也可爱；聪颖的可爱，笨拙的也可爱；像阶前的芝兰玉树固然可爱，癫痫头儿子也未尝不可爱，只要是自己生的。甚至于孩子长大之后，陂行荡检，贻父母忧，父母除了骂他恨他之外还是对他保留一分相当的爱。

　　父母的爱是天生的，是自然的，如天降甘霖，霈然而莫之能御，是无条件的施与而不望报。父母子女之间的这一笔账是无从算起的。父母的鞠育之恩，子女想报也报不完，正如《诗经·蓼莪》所说："父兮生我，母兮鞠我。拊我畜我，长我育我，顾我复我，出入腹我。欲报之德，昊天罔极。"父母之恩像天一般高一般大，如何能报得了！何况岁月不待人，父母也不能长在，像陆放翁的诗句"早岁已兴风木叹，余生永废蓼莪诗"正是人生长恨，千古同嗟！

古圣先贤，无不劝孝。其实孝也是人性的一部分，也是自然的，否则劝亦无大效。父母子女间的相互的情爱都是天生的。不但人类如此，一切有情莫不皆然。我不大敢信禽兽之中会有枭獍。

父母爱子女，子女不久长大也要变成为父母，也要爱其子女。

所以父母之爱像是连锁一般，代代相续，传继不绝。《周易》云："天地之大德曰生。"维护人类生命之最大的、最原始的、最美妙的、最神秘的力量莫过于父母的爱。让我们来赞颂父母的爱！还是写打油诗感之！

父母的爱是大爱，
高于蓝天深似海；
父母之爱无私爱，
不图表彰不为财；
父母之爱天然爱，
血肉相连割不开；
父母之爱特殊爱，
不管儿女好与赖；
父母之爱深沉爱，

发自本心不露外；
父母之爱传承爱，
传了一代又一代；
儿女也对父母爱，
再爱难报之一半；
儿女也会成父母，
大都先将儿女爱；
有时爱子胜爱老，
此乃正常不足怪；
父母老了尤需爱，
儿女千万别慢待！
树欲静而风不止，
子欲养而亲不待；
行孝愈早你越好，
后悔之药没处卖！

为什么不说实话

27

有些人宁愿自己吃亏,
宁愿跟着别人吃亏,
宁愿套引别人跟着他吃亏,
也不愿意把实感坦白说出来。

* * * * *

* * * * *

听一个朋友说起一个有趣的故事,这是个老故事,但我是初次听见,所以以为有趣。他说:

有一间酒肆,隔壁住着好几个酒徒。酒徒竟偷酒喝,偷酒的方法是凿壁成穴,以管入酒缸而吸饮之。轮流吸饮,每天夜晚习以为常。酒肆老板初而惊讶酒浆损失之巨,继而暗叹酒徒偷饮技术之精,终乃思得报复之道。老板不动声色,入晚于置酒缸之处改置小便桶,内中便溺洋溢,不可向迩。夜深人静,酒徒又来吮饮,争先恐后,欲解馋吻。甲尽力一吸,饱尝异味,挤眉咧嘴,汩汩自喉而下,刚要声张,旋思我若声张,别人必不再来上当,我独自吃亏,岂不太冤枉乎?有亏大家吃。于是甲连呼"好酒,好酒"而退。乙继之,亦同样上当,亦同样不肯独自上当,亦连呼"好酒,好酒"而退。丙丁戊己,循序而饮,全体酒徒均得分润。事毕环立,相视而笑。

我听过这个故事之后,心里有一点明白为什么有些人不肯说老实话。有些人宁愿自己吃亏，宁愿跟着别人吃亏，宁愿套引别人跟着他吃亏，也不愿意把实感坦白说出来。因为说出来之后，别人就不再吃亏，而他自己就显着特别委屈。别人和他同样吃亏，他就觉得有人陪着他吃亏，不冤枉了。

我又想：万一其中有一个心直口快的，将老实话脱口而出，这个人会有怎样的遭遇呢？我想这个人是不受欢迎的，并且还要受到诅咒，尤其是那些已经饮过小便而貌作饮过醇酿的人，必定要骂这人是个呆瓜！

要下水，大家都下水。谁也不说老实话，说老实话的就是呆瓜！

这种心理，到处皆然，要不得！

人总要主动去捍卫一些事,否则你就会轻易地盲从。

辑四

我对生活有诸多意见

谦让

28

可以无须让的时候,则无妨谦让一番,于人无利,于己无损;在该让的时候,则不谦让,以免损己;在应该不让的时候,则必定谦让,于己有利,于人无损。

* * * * *

* * * * *

谦让仿佛是一种美德，若想在眼前的实际生活里寻一个具体的例证，却不容易。类似谦让的事情近来似很难得发生一次。就我个人的经验说，在一般宴会里，客人入席之际，我们最容易看见类似谦让的事情。

一群客人挤在客厅里，谁也不肯先坐，谁也不肯坐首座，好像"常常登上座，渐渐入祠堂"的道理是人人所不能忘的。于是你推我让，人声鼎沸。辈分小的，官职低的，垂着手远远地立在屋角，听候调遣。自以为有占首座或次座资格的人，无不攘臂而前，拉拉扯扯，不肯放过他们表现谦让的美德的机会。有的说："我们叙齿，你年长！"有的说："我常来，你是稀客！"有的说："今天非你上座不可！"事实固然是为让座，但是当时的声浪和唾沫星子却都表示像在争座。主人觍着一张笑脸，偶然插一两句嘴，做鹭鸶笑。这场纷扰，要直到大家的兴致均已低落，该说的话差不多都已说完，然后急转直下，突然平息，本就该坐上座的人便去就了上座，并无苦恼之相，而往往是显着踌躇满志顾盼自雄的样子。

我每次遇到这样谦让的场合，便首先想起聊斋上的一个故事：一伙人在热烈地让座，有一位扯着另一位的袖子，硬往上拉，被拉的人硬往后躲，双方势均力敌，突然间拉着袖子的手一松，被拉的那只胳臂猛然向后一缩，胳臂肘尖正撞在后面站着的一位驼背朋友的两只特别凸出的大门牙上，咯吱一声，双牙落地！我每忆起这个乐极生悲的故事，为明哲保身起见，在让座时我总躲得远远的。等风波过后，剩下的位置是我的，首座也可以，坐上去并不头晕，末座亦无妨，我也并不因此少吃一嘴。我不谦让。

考让座之风之所以如此地盛行，其故有二。第一，让来让去，每人总有一个位置，所以一面谦让，一面稳有把握。假如主人宣布，位置只有十二个，客人却有十四位，那便没有让座之事了。第二，所让者是个虚荣，本来无关宏旨，凡是半径都是一般长（假如是圆桌），所以坐在任何位置都可以享受同样的利益。假如明文规定，凡坐过首席若干次者，在铨叙上特别有利，我想让座的事情也就少了。我从不曾看见，在长途公共汽车车站售票的地方，如果没有木制的长栅栏，而还能够保留一点谦让之风！因此我发现了一般人处世的一条道理，那便是：可以无须让的时候，则无妨谦让一番，于人无利，于己无损；在该让的时候，则不谦让，以免损己；在应该不让的时候，则必定谦让，于己有利，于人无损。

小时候读到孔融让梨的故事，觉得实在难能可贵，自愧弗如。

一只梨的大小，虽然是微屑不足道，但对于一个四五岁的孩子，其重要或者并不下于一个公务员之心理盘算简、荐、委。有人猜想，孔融那几天也许肚皮不好，怕吃生冷，乐得谦让一番。我不敢这样妄加揣测。不过我们要承认，利之所在，可以使人忘形，谦让不是一件容易的事。孔融让梨的故事，发扬光大起来，确有教育价值，可惜并未发生多少实际的效果：今之孔融，并不多见。

谦让作为一种仪式，并不是坏事，像天主教会选任主教时所举行的仪式就蛮有趣。就职的主教照例地当众谦逊三回，口说"nolo episcopari"，意即"我不要当主教"，然后照例地敦促三回终于勉为其难了。我觉得这样的仪式比宣誓就职之后再打通电话声明固辞不获要好得多。谦让的仪式行久了之后，也许对于人心有潜移默化之功，使人在争权夺利奋不顾身之际，不知不觉地也举行起谦让的仪式。可惜我们人类的文明史尚短，潜移默化尚未能奏大效，露出原始人的狰狞面目的时候要比雍雍穆穆地举行谦让仪式的时候多些。我每次从公共汽车售票处杀进杀出，心里就想先王以礼治天下，实在有理。

请客 ㉙

大家雅兴不浅,谈锋尚健,饭后磕牙,海阔天空,谁也不愿首先言辞,致败人意。

＊　　＊　　＊　　＊　　＊

　　＊　　＊　　＊　　＊　　＊

　　常听人说："若要一天不得安，请客；若要一年不得安，盖房；若要一辈子不得安，娶姨太太。"请客只有一天不得安，为害不算太大，所以人人都觉得不妨偶一为之。

　　所谓请客，是指自己家里邀集朋友便餐小酌，至于在酒楼饭店"铺筵席，陈尊俎"，呼朋引类，飞觞醉月，享用的是金樽清酒，玉盘珍馐，最后一哄而散，由经手人员造账报销，那种宴会只能算是一种病狂或是罪孽，不提也罢。

　　妇主中馈，所以要请客必须先归而谋诸妇。这一谋，有分教，非十天半月不能获致结论，因为问题牵涉太广，不能一言而决。

　　首先要考虑的是请什么人。主客当然早已内定，陪客的甄选大费酌量。眼睛生在眉毛上边的宦场中人，吃不饱饿不死的教书匠，一身铜臭的大腹贾，小头锐面的浮华少年……若是聚在一个桌上吃饭，便有些像是鸡兔同笼，非常勉强。把素未谋面的人拘在一起，要他们有说有笑，同时食物都能顺利地从咽门下去，也未免强人所难。主人从中调处，殷勤了这一位，怠慢了那一位，想找一些大家都有兴趣的话题亦非易事。所以客人需要分类，不能鱼龙混杂。客人的数目视设备而定，若是能把所有该请的客人一网打尽，自然是经济算盘，但是算盘亦不可打得太精。再大的圆桌面也不过能坐十三四个体态中型的人。说来奇怪，客人单身者少，大概都有宝眷，一请就是一对，一桌只好当半桌用。有人请客发宽笺帖，心想总有几位心领谢谢，万想不到人人惠然肯来，而且还有一位特别要好带来一个七八岁的小宝宝！主人慌忙添座，客人谦让"孩子坐我腿上！"大家挤挤攘攘，其中还不乏中年发福之士，把圆桌围得密不透风，上菜需飞越人头，斟酒要从耳边下注，前排客满，主人在二排敬陪。

拟菜单也不简单。任何家庭都有它的招牌菜，可惜很少人肯用其所长，大概是以平素见过的饭馆酒席的局面作为蓝图。家里有厨师厨娘，自然一声吩咐，不再劳心，否则主妇势必亲自下厨操动刀俎。主人多半是擅长理论，真让他切葱剥蒜都未必能够胜任。所以拟定菜单，需要自知之明，临时"钻锅"翻看食谱未必有济于事。四冷荤，四热炒，四压桌，外加两道点心，似乎是无可再减，大鱼大肉，水陆杂陈，若不能使客人连串地打饱嗝，不能算是尽兴。菜单拟定的原则是把客人一个个地填得嘴角冒油。而客人所希冀的也往往是一场牙祭。有人以水饺宴客，馅子是猪肉菠菜，客人咬了一口，大叫："哟，里面怎么净是青菜！"一般人还是欣赏肥肉厚酒，管它是不是烂肠之食！

宴客的吉日近了，主妇忙着上菜市，挑挑拣拣，拣拣挑挑，又要物美又要价廉，装满两个篮子，半途休息好几次才能气喘汗流地回到家。泡的，洗的，剥的，切的，闹哄一两天，然后丑媳妇怕见公婆也不行，吉日到了。客人早已折简相邀，难道还会不肯枉驾？不，守时不是我们的传统。准时到达，岂不像是"头如穹庐，咽细如针"的饿鬼？要让主人干着急，等他一催请再催请，然后徐徐命驾，姗姗来迟，这才像是大家风范。当然朋友也有特别性急而提早莅临的，那也使得主人措手不及慌成一团。客人的性格不一样，有人进门就选一个比较好的座位，两脚高架案上，真是宾至如归；也有人寒暄两句就一头扎进厨房，声称要给主妇帮忙，系着围裙伸着两手的主妇连忙谦谢不迭。等到客人到齐，无不饥肠辘辘。

落座之前还少不了你推我让的一幕。主人指定座位，时常无效，除非事先摆好名牌，而且写上官衔，分层排列，秩序井然。敬酒按说是主人的责任，但是也时常有热心人士代为执壶，而且见杯即斟，每斟必满。不知是什么时候什么人兴出来的陋习，几乎每个客人都会双手举杯齐眉，对着在座的每一位客人敬酒，一瞬间敬完一圈，但见杯起杯落，如"兔儿爷捣碓"。不喝酒的也要把汽水杯子高高举起，虚应故事，喝酒的也多半是拧眉皱眼地抿那么一小口。一大盘热乎乎的东西端上来了，像翅羹，又像糨糊，一人一勺子，盘底花纹隐约可见，上面撒着的一层芫荽不知被哪一位像艾除毒草似的拨到了盘下，又不知被哪一位从盘下夹到嘴里吃了。还有人坚持海味非蘸醋不可，高呼要醋，等到一碟"忌讳"

送上台面，海味早已不见了。菜是一道道地上，上一道客人喊一次"太丰富，太丰富"，然后埋头大嚼，不敢后人。主人照例谦称："不成敬意，家常便饭。"心直口快的客人就许提出疑问："这样的家常便饭，怕不要吃穷了？"主人也只好扑哧一笑而罢。将近尾声的时候，大概总有一位要先走一步，因为还有好几处应酬。这时主妇踱了进来，红头涨脸，额角上还有几颗没揩干净的汗珠，客人举起空杯向她表示慰劳之意，她坐下胡乱吃一些残羹剩炙。

席终，香茗水果伺候，客人靠在椅子上剔牙，这时节应该是客去主人安了。但是不，大家雅兴不浅，谈锋尚健，饭后磕牙，海阔天空，谁也不愿首先言辞，致败人意。最后大概是主人打了一个哈欠而忘了掩口，这才有人提议散会。天下无不散之筵席，奈何奈何？不要以为席终人散，立即功德圆满，地上有无数的瓜子皮、纸烟灰，桌上杯盘狼藉，厨房里有堆成山的盘杯锅勺，等着你办理善后！

送礼 ㉚

如果对方是和尚,送篦子就不大相宜,虽然也有『金篦刮眼』之说。

* * * * *

* * * * *

俗语说,"官不打送礼的"。此语甚妙。因为从前的官不是等闲人,他是可以随便打人的,所以有人怕见官,见了官便不由得有三分惧怕,而送礼的人则必定是有求于人,唯恐人家不肯赏收,必定是卑躬屈膝春风满面、点头哈腰老半天,谁还狠得下心打笑脸人?至于礼之厚薄,倒无关宏旨,好歹是进账,细大不捐,收下再说。

不过送礼的人也确实有些是该打屁股的。

送礼这件事,在送的这一方面是很苦恼的一个节目,尤其是逢时按节的例行送礼。前例既开,欲罢不能。如果是个什么机构之类,有人可以支使采办,倒还省事。采办的人在其中可以大显身手。礼讲究四色,其中少不得一篮应时水果,篮子硕大无朋,红绳缎带,五花大绑,一张塑胶纸绷罩在上面,绷得紧,系得牢,要打开还很费手脚。打开之后,时常令人叫绝。原来篮子之中有草纸一堆坟然隆起,上面盖着一层光艳照人的苹果、梨、柑之类,一部分水果的下面是黑烂发霉的。四色之中可能还有金华火腿一只，使得这一份礼物益发高贵而隆重。死尸可以冷藏而不腐，火腿则必须在适当温度中长期腌制，而亚热带天气只适宜促其速朽。我就收到过不止一只金玉其外的火腿，纸包得又俊又俏，绳子捆得紧紧的，露在外面的爪尖干干净净，红色门票上还有金字。有一天打开一看，嘿！就像医师开刀发现内部癌瘤已经溃散赶紧缝起创口了事一般，我也赶快把它原封包起。原来里面万头攒动着又白又胖的蛆虫，而且不需用竹筷贯刺就有一股浓厚的尸臭令人欲呕。我有意把这只金华火腿送走，使它物还原主，又真怕伤了他的自尊，而且西谚有云："不要扒开人家赠你的一匹马的嘴巴看。"其意是对礼物不可挑剔。无可奈何之中，想起了平剧中有"人头挂高杆"之说，于是乘黄昏时候，蹑手蹑脚地把这只火腿挂在大门外的电线杆上，自门隙窥伺之，果见有人施施然来，睹物一惊，驻足逡巡，然后四顾无人迅速出手，挟之而去，这只火腿的最后下落如何我就不知道了。送水果、送火腿的人，那份隆情盛意，我当然是领受了。

英文里有个名词"白象"（white elephant），意为相当名贵而无实用并且难于处置的东西。试想有人送你一头白象，你把它安顿在哪里？你一天需要饲喂它多少食粮？它病了你怎么办？它发脾气你怎么办？我相信一旦白象到门，你会手足无措。事实上我们收到的礼物偶然也是近似白象的，令人啼笑皆非。我收到一件礼物，瓶状的电桌灯一盏，立在地面上就几乎与我齐眉，若是放在太和殿里当然不嫌其大，可惜蜗居逼仄，虽不至于仅可容膝，这样的庞然巨制放在桌上实在不称，万一头重脚轻倒栽下来，说不定会砸死人。居然有客人来，欣赏其体制之雄伟，说它壮观，我立即举以相赠，请他把白象牵了出去，后遂不知其所终。

生日礼物，顺理成章的是一块蛋糕。问题在，你送一块，他也送一块，一下子收到二块、二十块大蛋糕，其中还可能有两个人抬着拿进来的超大号的，虽说"好的东西不嫌多"，真的多了起来也是一患。我亲见有一位宦场中人。他生日那天收到三十块以上的蛋糕，陈列在走廊上，洋洋大观。最后筵席散了，主人央客各自携带一块蛋糕回家，这样才得收疏散之效。客人各自提着像帽盒似的一个纸匣子，鱼贯而出，煞是好看。照理说，蛋糕是好东西，或细而软，或糙而松，各有其风味，唯独上面糊着的一层雪白的"蜡油"实在令人难以入口。偶然也有使用搅打过的鲜奶油的，但不常见，常见的硬是"蜡油"。我曾亲见一个任性的孩子，一次罄了一个直径一尺以上的蜡油蛋糕，父母不拦阻他，因为他府上蛋糕实在太多，正苦于没有销场，结果是那个孩子倒在床上呻吟呕吐，黄澄澄一橛一橛地从嘴里吐出来，那样子好难看！

有些人家是很讲究禁忌的。大概，最忌的是送钟，因为"钟"与"终"二字同音。送钟来，拒受则失礼，往往当即回敬一元钱，象征其是买而非送，即足以破除其不祥。其实自始即有终，此乃自然之道。何况大限未至，即有人先来预约执绋，料想将来局面不致冷冷清清，也正是好事。有人在生日的时候，收到一份奇特的礼物——半匹粗白布。这种东西不是没有实用,将来不定为了谁而遵礼成服的时候,为经、为带均无不可,只是不知要收藏多久。主妇灵机一动,把布染成粉红色,剪裁加缝,做成很出色的成套的沙发罩布,化乖戾为吉祥。有人忌讳朋友送书给他,生怕因此而赌输。我从不赌博,因此最欢迎有人送书给我,未读之书太多,开卷总归有益,但是朋友总是怕我坏了手气,只有很少的几位肯以书见贻,真所谓"知我者,二三子"!

送礼给人,当然是应该投其所好。除非是存心怄气,像诸葛孔明之送巾帼给司马仲达。所以送礼之前,势必要先通过大脑思量一番。如果对方是和尚,送篦子就不大相宜,虽然也有"金篦刮眼"之说。如果对方患消渴,则再好的巧克力糖也难以使他衷心喜悦。如果对方已经老掉了牙,铁蚕豆就不可以请他尝试。诸如此类,不必细举。再说礼物轻重也该有个斟酌,轻了固然寒碜,重了也容易启人疑窦,以为你有什么分外的企图。从前旧俗,家家有一本礼簿,往来户头均有记录,逢年过节或红白喜事均有例可循,或送现金,或送席票。如果向无往来,新开户头,则看下次遇到机会对方有无还礼,有则继续下去,无则不再往来,这不失为公平合理的办法。现在时代不同了,人口流动,应酬频繁,粉红炸弹与白色讣闻满天飞,送礼变成了灾害,如果逃不掉躲不开,则只好虚应故事,投以一篮鲜花或是一端幛子,而没有其他多少选择了。

讲价 ㉛

在尔虞我诈的情形之下,讲价便成为交易的必经阶段,反正是「漫天要价,就地还钱」,看看谁有本事谁讨便宜。

＊　　　＊　　　＊　　　＊　　　＊

　　＊　　　＊　　　＊　　　＊　　　＊

　　韩康采药名山，卖于长安市，三十余年，口不二价。这并不是说三十余年物价没有波动，这是说他三十余年没有撒过一次谎，就凭这一点怪脾气他的大名便入了《后汉书》的《逸民列传》。这并不证明买卖东西无须讲价是我们古已有之的固有道德，这只是证明自古以来买卖东西就得要价还价，出了一位韩康，便是人瑞，便可以名垂青史了。韩康不但在历史上留下了佳话，在当时也是颇为著名的。一个女子向他买药，他守价不移，硬是没得少，女子大怒，说："难道你是韩康，一个钱没得少？"韩康本欲避名，现在小女子都知道他的大名，吓得披发入山。卖东西不讲价，自古以来，是多么难得！我们还不要忘记韩康"家世著姓"，本不是商人，如果是个"逐什一之利"的，有机会能得什二什三时岂不更妙？

　　从前有些店铺讲究货真价实，"言不二价""童叟无欺"的金字招牌偶然还可以很骄傲地悬挂起来，不必大减价雇吹鼓手，主顾自然上门。这种事似乎渐渐少了。童叟根本也不见得好欺侮，而且买卖大半是流动的,无所谓主顾,不讲价还是不过瘾,不七折八扣显着买卖不和气,交易一成买者就又会觉得上当。在尔虞我诈的情形之下,讲价便成为交易的必经阶段,反正是"漫天要价,就地还钱",看看谁有本事谁讨便宜。

我买东西很少的时候能不比别人的贵。世界上有一种人,喜欢到人家里面调查物价,看看你家里有什么东西都要打听一下是用什么价钱买的,除非你在每一事物上都粘上一个纸签标明价格,否则将不胜其啰唆。最扫兴的是,我已经把真的价钱瞒起,自欺欺人地只说了一半的价钱来搪塞他,他有时还会把头摇得像个"拨鼓"似的,表示你上了弥天的大当!我承认,有些人是特别地善于讲价,他有政治家的脸皮,外交家的嘴巴,杀人的胆量,钓鱼的耐心,坚如铁石,韧似牛皮,所以他能压倒那待价而沽的商人。我尝虚心请教,大概归纳起来讲价的艺术不外下列诸端:

第一,要不动声色。进得店来,看准了他没有什么你就要什么,使得他显得寒碜,先有几分惭愧。然后无精打采地道出你所真心要买的东西,伙计于气馁之余,自然欢天喜地地捧出他的货色,价钱根本不会太高。如果偶然发现一项心爱的东西,也不可失声大叫,如获异宝,必要行若无事,淡然处之,于打听许多种物价之后,随意问询及之,否则你打草惊蛇,他便奇货可居了。

第二,要无情地批评。甘瓜苦蒂,天下物无全美。你把货物捧在手里,不忙鉴赏,先求其疵缪之所在,不厌其详地批评一番,尽量地道出它的缺点。有些物事，本是无懈可击的，但是"嗜好不能争辩"，你这东西是红的，我偏喜欢白的，你这东西大的，我偏喜欢小的。总之，是要把东西褒贬得一文不值缺点百出，这时候伙计的脸上也许要一块红一块白的不大好看，但是他的心里软了，价钱上自然有了商量的余地，我在委曲迁就的情形之下来买东西，你在价钱上还能不让步吗？

第三，要狠心还价。先假设，自从韩康入山之后每个商人都是说谎的。不管价钱多高，拦腰一砍。这需要一点胆量，要狠得下心，说得出口，要准备看一副嘴脸。人的脸是最容易变的，用不了加多少钱，那副愁云惨雾的苦脸立刻开霁，露出一缕春风。但这是最紧要的时候，这是耐心的比赛，谁性急谁失败，他一文一文地减，你就一文一文地加。

第四，要有反顾的勇气。交易实在不成，只好掉头而去，也许走不了好远，他会请你回来，如果他不请你回来，你自己要有回来的勇气，不能负气，不能讲究"义不反顾，计不旋踵"。讲价到了这个地步，也就山穷水尽了。

这一套讲价的秘诀，知易行难，所以我始终未能运用。我怕费工夫，我怕伤和气，如果我粗脖子红脸，我身体受伤，如果他粗脖子红脸，我精神上难过，我聊以解嘲的方法是记起郑板桥爱写的那四个大字："难得糊涂。"

《淮南子》明明地记载着"东方有君子之国",但是我在地图上却找不到。《山海经》里也记载着"君子国在其北,衣冠带剑……其人好让不争",但只有《镜花缘》给君子国透露了一点消息。买物的人说:"老兄如此高货,却讨恁般贱价,教小弟买去,如何能安心!务求将价加增,方好遵教。若再过谦,那是有意不肯赏光交易了。"卖物的人说:"既承照顾,敢不仰体!但适才妄讨大价,已觉厚颜;不意老兄反说货高价贱,岂不更教小弟惭愧?况敝货并非'言无二价',其中颇有虚头。"照这样讲来,君子国交易并非言无二价,也还是要讲价的,也并非不争,也还有要费口舌唾液的。什么样的国家,才能买东西不讲价呢?我想与其讲价而为对方争利,不如讲价而为自己争利,比较地合于人类本能。

有人传授给我在街头雇车的秘诀:街头孤零零的一辆车,车夫红光满面鼓腹而游的样子,切莫睬他,如果三五成群鸠形鹄面,你一声吆喝便会蜂拥而来,竞相延揽,车价会特别低廉。在这里我们发现人性的一面——残忍。

守时

32

至于下班的时间,则大家多半知道守时,眼巴巴地望着时钟,谁也不甘落后。

*　　*　　*　　*　　*

*　　*　　*　　*　　*

《史记》五十五《留侯世家》，记载圯上老人授书张良的故事，甚为生动：

> 父去里所，复还，曰："孺子可教矣。后五日平明，与我会此。"良因怪之，跪曰："诺。"五日平明，良往。父已先在，怒曰："与老人期，后，何也？"去，曰："后五日早会。"五日鸡鸣，良往。父又先在，复怒曰："后，何也？"去，曰："后五日复早来。"五日，良夜未半往。有顷，父亦来，喜曰："当如是。"

老人与良约会三次。第一次平明为朝，平明就是天刚亮，语义相当含糊，天亮到什么程度才算是平明，本难确定。"东方未明"是一阶段，"东方未照"又是一阶段，等到东方天际泛鱼肚色则又是一阶段。良平明往，未落日出之后，就不算是迟到。老人发什么脾气？说什么"与老人期"之倚老卖老的话？第二次约，时间更不明确，只说早一点去。良鸡鸣往，"鸡既鸣矣"就是天明以前的一刹那，事实上已经提早到达，还嫌太晚。既然如此，为什么不早明说，虽然这是老人有意测验年轻人的耐性，但也不必这样蛮不讲理地折磨人。有人问我，假如遇见这样的一个老人做何感想，我说我愿效禅师的说法："大喝一声，一棒打杀！"

黄石公的故事是神话。不过守时却是古往今来文明社会共有的一个重要的道德信念。远古的时候问题简单，日出而作，日入而息，根本没有精确的时间观念，而且人与人要约的事恐怕也不太多。《周易·系辞》所谓"日中为市，致天下之民，聚天下之货，交易而退，各得其所"，不失为大家在时间上共立的一个标准，晚近的庙会市集，也还各有其约定俗成的时期规格。

自从有了漏刻，分昼夜为百刻，一天之内才算有正确时间可资遵循。周有挈壶氏，自唐至清有挈壶正，是专管时间的官员。沙漏较晚，制在元朝。到了近年，也还有放午炮之说。现代的准确计时之器，如钟表之类，则是明朝的舶来品，"明万历二十八年，大西洋国人利玛窦来献自鸣钟"（《钦定续文献通考》）。嗣后自鸣钟在国内就大行其道。我小时候在三贝子花园畅观楼内，尚及见清朝洋人所贡各式各样的自鸣钟，金光灿烂，洋洋大观。在民间几乎家家案上正中央都有一架自鸣钟，用一把钥匙上弦，昼夜按时刻叮叮当当地响。外国人家墙上常见的鹧鸪钟，一只小鸟从一个小门跳出来报时，在国内尚比较少见。好像我们老一辈的中国人特别喜爱钟表，除了背心上特缝好几个小衣袋专放怀表之外，比较富裕的人家墙上还常有一个硬木螺钿玻璃门的表柜，里面挂着二三十只形形色色的表，金的、银的、景泰蓝的、闷壳的，甚至背面壳里藏有活动秘戏图的，非如此不足以餍其收藏癖。至于如今的手表（实际是腕表）高官大贾以至贩夫走卒无不备有一只了。

普遍的有了计时的工具，若是大家不知守时，又有何用？普通的衙门机关之类都定有办公时间，假如说是八点开始，到时候去看看，就会知道那是怎么一回事。大抵较低级的人员比较守时，虽然其中难免有几位忙着在办事桌上吃豆浆油条。首长及高级人员大概就姗姗来迟了，他们还有一套理由，只有到了十点左右，办稿拟稿逐层旅行的公文才能到达他们手里，早去了没有用。至于下班的时间，则大家多半知道守时，眼巴巴地望着时钟，谁也不甘落后。

和民众接触最频繁的莫过于银行邮局，可是在门前逡巡好久，进门烧头炷香的顾客不见得立刻就能受理，往往还要伫候一阵子，因为柜台后面的先生小姐可能很忙，忙着打开保险柜，忙着搬运文件，忙着清理卡片，忙着数钞票，忙着调整戳印，甚至于忙着泡茶，都需要时间。顾客们少安毋躁。

朋友宴客，有一两位照例迟到，一碟瓜子大家都快嗑完了，主人急得团团转，而那一两位客偏不来。按说"后至者诛"才是正理，但是后至者往往正是主客或是贵宾，所以必须虚上席以待。旧日戏园演戏，只有两盏汽油灯为照明之具，等到名角出台亮相，则几十盏电灯一齐照耀，声势非凡。有迟到之癖的客人大概是以名角自居，迟到之后不觉得歉然，反倒有得色。而迟到的人可能还要早退，表示另有一处要应酬，也许只是虚晃一招，实际是要回家吃碗蛋炒饭。

要守时，但不一定要分秒不差，那就是苛求了。但也不能距约定时间太远，甲欲访乙，先打电话过去商洽，这是很有礼貌的行为，甲问什么时候驾临，乙说马上就去。问题就出在这"马上"二字，甲忘了询问是什么马，是"竹批双耳峻，风入四蹄轻"的胡马，还是"皮干剥落，毛暗萧条"的瘦马，是练习纵跃用的木马，还是渡过了康王的泥马。和人邀约，害得对方久等，揆诸时间即生命之说，岂是轻轻一声抱歉所能赎其罪行？

守时不是容易事，要精神总动员。要不要先整其衣冠，要不要携带什么，要不要预计途中有多少红灯，都要通过大脑盘算一下。迟到固然不好，早到亦非万全之策，早到给自己找烦恼，有时候也给别人以不必要的窘。黄石公那段故事是例外，不足为训。记得莎士比亚有一句戏词："赴情人约，永远是早到。"情人一心一意地在对方身上，不肯有分秒的延误，同时又怕对方忍受枯守之苦，所以"月上柳梢头，人约黄昏后"，老早地就去等着，"拂墙花影动，疑是玉人来"了。

我们能不能推爱及于一切邀约，大家都守时？

排队 ㉝

以我们的超级市场而论,实在不够超级,往往近于迷你,遇上八折的日子,付款处的长龙摆到货架里面去,行不得也。

＊　　＊　　＊　　＊　　＊

　　＊　　＊　　＊　　＊　　＊

　　《民权初步》讲的是一般开会的法则，如果有人撰一续编，应该是讲排队。

　　如果你起个大早，赶到邮局烧头炷香，柜台前即使只有你一个人，你也休想能从容办事，因为柜台里面的先生小姐忙着开柜子、取邮票文件、调整邮戳，这时候就有顾客陆续进来，说不定一位站在你左边，一位站在你右边，也许是衣冠楚楚的，也许是破衣邋遢的，总之是会把你夹在中间。夹在中间的人未必有优先权，所以，三个人就挤得很紧，胳膊粗、个子大、脚跟稳的占便宜。夹在中间的人也未必轮到第二名，因为说不定又有人附在你的背上，像长臂猿似的伸出一只胳膊，越过你的头部拿着钱要买邮票。人越聚越多，最后像是橄榄球赛似的挤成一团，你想钻出来也不容易。

　　三人曰众，古有明训。所以三个人聚在一起就要挤成一堆。排队是洋玩意儿，我们所谓"鱼贯而行"都是在极不得已的情形之下所做的动作。《晋书·范汪传》："玄冬之月，沍汉干涸，皆当鱼贯而行，推排而进。"水不干涸谁肯循序而进，虽然鱼贯，仍不免于推排。我小时候，在北平有过一段经验，过年父亲常带我逛厂甸，进入海王村，里面有旧书铺、古玩铺、玉器摊，以及临时搭起的几个茶座儿。我父亲如入宝山，图书、古董都是他所爱好的，盘旋许久，乐此不疲，可是人潮汹涌，越聚越多。等到我们兴尽欲返的时候，大门口已经壅塞了。门口只有一个，进也是它，出也是它，而且谁也不理会应靠左边行，于是大门变成瓶颈，人人自由行动，卡成一团。也有不少人故意起哄，哪里人多往哪里挤，因为里面有的是大姑娘、小媳妇。父亲手里抱了好几包书，顾不了我。为了免于被人践踏，我由一位身材高大的警察抱着挤了出来。我从此没再去过厂甸，直到我自己长大有资格抱着我自己的孩子冲出杀进。

中国地方大，按说用不着挤，可是挤也有挤的趣味。逛隆福寺、护国寺，若是冷清清的凄凄惨惨觅觅，那多没有味儿！不过时代变了，人几乎天天到处要像是逛庙赶集。长年挤下去实在受不了，于是排队这洋玩意儿应运而兴。奇怪的是，这洋玩意儿兴了这么多年，至今还没有蔚成风气。长一辈的人在人多的地方横冲直撞，孩子们当然认为这是生存技能之一。学校不能负起教导的责任，因为教师就有许多是不守秩序的好手。法律无排队之明文规定，警察管不了这么多。大家自由活动，也能活下去。

不要以为不守秩序、不排队是我们民族性，生活习惯是可以改的。抗战胜利后我回到北平,家人告诉我许多敌伪横行霸道的事迹,其中之一是在前门火车站票房前面常有一名日本警察手持竹鞭来回巡视,遇到不排队就抢先买票的人,就一声不响高高举起竹鞭嗖的一声着着实实地抽在他的背上。挨了一鞭之后,他一声不响地排在队尾了。前门车站的秩序从此改良许多。我对此事的感想很复杂。不排队的人是应该挨一鞭子,只是不应该由日本人来执行。拿着鞭子打我们的人,我真想抽他十鞭子!但是,我们自己人就没有人肯对不排队的人下那个毒手!好像是基于同胞爱,开始是劝,继而还是劝,不听劝也就算了,大家不伤和气。谁也不肯扬起鞭子去取缔,觍颜说是"于法无据"。一条街定为单行道、一个路口不准向左转,又何所据?法是人定的,要什么样的生活方式便应该有什么样的法。

洋人排队另有一套,他们是不拘什么地方都要排队。邮局、银行、剧院无论矣,就是到餐厅进膳,也常要排队听候指引——入座。人多了要排队,两三个人也要排队。有一次要吃比萨饼,看门口队伍很长,只好另觅食处。为了看古物展览,我参加过一次两千人左右的长龙,我到场的时候才有千把人,顺着龙头往下走,拐弯抹角,走了半天才找到龙尾,立定脚跟,不久回头一看,龙尾又不知伸展到何处去了。

我仔细观察发现了一个秘密:洋人排队,浪费空间,他们排队占用一里,由我们来排队大概半里就足够。因为他们每个人与另一个人之间通常保持相当距离,没有肌肤之亲,也没有摩肩接踵之事。我们排队就亲热得多，紧迫盯人，唯恐脱节，前面人的胳膊肘会戳你的肋骨，后面人喷出的热气会轻拂你的脖颈。其缘故之一，大概是我们的人丁太旺而场地太窄。以我们的超级市场而论，实在不够超级，往往近于迷你，遇上八折的日子，付款处的长龙摆到货架里面去，行不得也。洋人的税捐处很会优待主顾，设备充分，偶然有七八个人排队，排得松松的，龙头走到柜台也有五步六步之遥。办起事来无左右受夹之烦，也无后顾催迫之感，从从容容，可以减少纳税人胸中许多戾气。

我们是礼仪之邦，君子无所争，从来没有鼓励人争先恐后之说。很多地方我们都讲究揖让，尤其是几个朋友走出门口的时候，常不免于拉拉扯扯礼让了半天，其实鱼贯而行也就够了。我不太明白为什么到了陌生人聚集在一起的时候，便不肯排队，而一定要奋不顾身。

我小时候只知道上兵操时才排队。曾路过大栅栏同仁堂，柜台占两间门面，顾客经常是里三层外三层挤得水泄不通，多半是仰慕同仁堂丸散膏丹的大名而来办货的乡巴佬。他们不知排队犹可说也。奈何数十年后，工业已经起飞，都市人还不懂得这生活方式中极为重要的一个项目？难道真需要那一条鞭子才行吗？

代沟

34

沟是死的,人是活的!

＊　　＊　　＊　　＊　　＊

＊　　＊　　＊　　＊　　＊

代沟是翻译过来的一个比较新的名词，但这个东西是我们古已有之的。自从人有老少之分，老一代与少一代之间就有一道沟，可能是难以飞渡的深沟天堑，也可能是一步迈过的小渎阴沟，总之是其间有个界限。沟这边的人看沟那边的人不顺眼，沟那边的人看沟这边的人不像话，也许吹胡子瞪眼，也许拍桌子卷袖子，也许口出恶声，也许真个地闹出命案，看双方的气质和修养而定。

《尚书·无逸》："相小人，厥父母勤劳稼穑，厥子乃不知稼穑之艰难，乃逸乃谚。既诞，否则侮厥父母曰：'昔之人无闻知。'"这几句话很生动，大概是我们最古的代沟之说的一个例证。大意是说：请看一般小民，做父母的辛苦耕稼，年轻一代不知生活艰难，只知享受放荡，再不就是张口顶撞父母说："你们这些落伍的人，根本不懂事！"活画出一条沟的两边的人对峙的心理。小孩子嘛，总是贪玩。好逸恶劳，人之天性。只有饱尝艰苦的人，才知道以无逸为戒。做父母的人当初也是少不更事的孩子，代代相仍，历史重演。一代留下一沟，像树身上的年轮一般。

虽说一代一沟，腌臜的情形难免，然大体上相安无事。这就是因为有所谓传统者，把人的某一些观念胶着在一套固定的范畴里。"不以规矩不能成方圆"，大家都守规矩，尤其是年轻的一代。

"鞋大鞋小，别走了样子！"小的一代自然不免要憋一肚皮委屈，但是，别忙，"多年的媳妇熬成婆，多年的道路走成河"，转眼间黄口小儿变成了鲐背耆老，又轮到自己唉声叹气，抱怨一肚皮不合时宜了。

我记得我小的时候，早起要跟着姊姊哥哥排队到上房给祖父母请安，像早朝一样的肃穆而紧张，在大柜前面两张二人凳上并排坐下，腿短不能触地，往往甩腿，这是犯大忌的，虽然我始终不知是犯了什么忌。祖父母的眼睛瞪得圆圆的，手指着我们的前后摆动的小腿说："怎么，一点样子都没有！"吓得我们的小腿立刻停摆，我的母亲觉得很没有面子，回到房里着实地数落了我们一番。祖孙之间隔着两条沟，心理上的隔阂如何得免？当时我心里纳闷，我甩腿，干卿底事。我十岁的时候，进了陶氏学堂，领到一身体操时穿的白帆布制服，有亮晶的铜纽扣，裤边还镶贴两条红带，现在回想起来有点滑稽，好像是卖仁丹游街宣传的乐队，那时却扬扬自得，满心欢喜地回家，没想到赢得的是一头雾水。"好呀！我还没死，就先穿起孝衣来了！"我触了白色的禁忌。出殡的时候，灵前是有两排穿白衣的"孝男儿"，口里模仿号丧的哇哇叫。此后每逢体操课后回家，先在门洞脱衣，换上长裤，卷起裤筒。稍后，我进了清华，看见有人穿白帆布橡皮底的网球鞋，心羡不已，于是也从天津邮购了一双，但是始终没敢穿了回家。只求平安少生事，莫在代沟之内起风波。

大家庭制度下，公婆儿媳之间的代沟是最鲜明也最凄惨的。儿子自外归来，不能一头扎进闺房，那样做不但公婆瞪眼，所有的人都要竖起眉毛。他一定要先到上房请安，说说笑笑好一大阵，然后公婆（多半是婆）开恩发话："你回屋里歇歇去吧。"儿子奉旨回到阃闱。媳妇不能随后跟进，还要在公婆面前周旋一下，然后公婆再度开恩，"你也去吧"，媳妇才能走，慢慢地走。如果媳妇正在院里浣洗衣服，儿子过去帮一下忙，到后院井里用柳罐汲取一两桶水，送过去备用，结果也会招致一顿长辈的唾骂："你走开，这不是你做的事。"我记得半个多世纪以前，有一对大家庭中的小夫妻，十分地恩爱，夫暴病死，妻觉得在那样家庭中了无生趣，竟服毒以殉。殡殓后，追悼之日政府颁赠匾额曰"彤管扬芬"，女家致送的白布横批曰"看我门楣"！我们可以听得见代沟的冤魂哭泣，虽然代沟另一边的人还在逞强。

以上说的是六七十年前的事。代沟中有小风波，但没有大泛滥。张公艺九代同居，靠了一百多个忍字。其实九代之间就有八条沟，沟下有沟，一代历一代，那一百多个忍字还不是一面倒，多半由下面一代承当？古有明训，能忍自安。五四运动实乃一大变局。新一代的人要造反，不再忍了。有人要"整理国故"，管他什么三坟五典八索九丘，都要揪出来重新交付审判。礼教被控吃人，孔家店遭受捣毁的威胁，世世代代留下来的沟要彻底翻腾一下，这下子可把旧一代的人吓坏了。有人提倡读经，有人竭力卫道，但是不是远水不救近火，便是只手难挽狂澜。代沟总崩溃，新一代的人如脱缰之马，一直旁出斜逸奔放驰骤到如今。旧一代的人则按照自然法则一批一批地凋谢，填入时代的沟壑。

代沟虽然永久存在，不过其现象可能随时变化。人生的麻烦事，千端万绪，要言之，不外财色两项。关于钱财，年长的一辈多少有一点吝啬的倾向。吝啬并不一定全是缺点。"称财多寡而节用之，富无金藏，贫不假贷，谓之啬；积多不能分人，而厚自养，谓之吝；不能分人，又不能自养，谓之爱。"这是《晏子春秋》的说法。所谓爱，就是守财奴。是有人好像是把孔方兄一个一个地穿挂在他的肋骨上，取下一个都是血丝糊拉的。英文俚语，勉强拿出一块钱，叫作"咳出一块钱"，大概也是表示钱是深藏于肺腑，需要用力咳才能跳出来。年轻一代看了这种情形，老大的不以为然，心里想："这真是'昔之人无闻知'，有钱不用，害得大家受苦，忘记了'一个钱也带不了棺材里去'。"心里有这样的愤懑蕴积，有时候就要发泄。所以，曾经有一个儿子向父亲要五十元零用，其父靳而不予，由冷言恶语而拖拖拉拉，儿子比较身手矫健，一把揪住父亲的领带，（唉，领带真误事）领带越揪越紧，父亲一口气上不来，一翻白眼，死了。这件案子，按理应剐，基于"心神丧失"的理由，没有剐，在代沟的历史里留下一个悲惨的记录。

人到成年，嘤嘤求偶，这时节不但自己着急，家长更是担心，可是所谓代沟出现了，一方面说这是我的事，你少管，另一方面说传宗接代的大事如何能不过问。一个人究竟是姣好还是寝陋，是端庄还是阴鸷，本来难有定评。"看那样子，长头发、牛仔裤、嬉游浪荡、好吃懒做，大概不是善类。""爬山、露营、打球、跳舞，都是青年的娱乐，难道要我们天天匀出工夫来晨昏定省，膝下承欢？"南辕北辙，越说越远。其实"养儿防老""我养你小，你养我老"的观念，现代的人大部分早已不再坚持。羽毛既丰，各奔前程，上下两代能保持朋友一般的关系，可疏可密，岁时存问，相待以礼，岂不甚妙？谁也无须剑拔弩张，放任自己，而诿过于代沟。沟是死的，人是活的！代沟需要沟通，不能像希腊神话中的亚历山大以利剑砍难解之绳结那样容易的一刀两断，因为人终归是人。

洋罪

35 如果生吞活剥地把外国的风俗习惯移植到我们的社会里来,则必窒碍难行,其故在不服水土。

  有些人，大概是觉得生活还不够丰富，于顽固的礼教、愚昧陋俗、野蛮的禁忌之外，还介绍许多外国的风俗习惯，心甘情愿地受那份洋罪。

  例如，宴集茶会之类偶然恰是十三人之数，原是稀松平常之事，但往往就有人把事态扩大，认为情形严重，好像人数一到十三，其中必将有谁虽欲"寿终正寝"而不可得的样子。在这种场合，必定有先知觉者托故逃席，或临时加添一位，打破这个凶数，又好像只要破了十三，其中人人必然"寿终正寝"的样子。对于十三的恐怖，在某种人中间近已颇为流行。据说，它的来源是外国的。耶稣基督被他的使徒犹大所卖，最后晚餐时便是十三人同席。因此十三成为不吉利的数字。在国外，听说不但宴集之类要避免十三，就是旅馆的号数也常以12A来代替十三。这种近于迷信而且无聊的风俗，移到中国来，则于迷信与无聊之外，还应该加上一个可嗤。

再例如，划火柴给人点支烟，点到第三人的纸烟时，则必有热心者迫不及待地从旁嘘一口大气，把你的火柴熄灭。一根火柴不能点三支烟。据博闻者说，这风俗也是外国的。好像这风俗还不怎样古，就像上次大战的时候，夜晚战壕里的士兵抽烟，如果火柴的亮光延续到能点燃第三支纸烟那么久，则敌人的枪弹炮弹必定一齐飞来。这风俗虽与抗战有关，但在敌人枪炮射程以外的地方，若不加解释则仍容易被人目为近于庸人自扰。

又例如，朋辈自饮，常见有碰杯之举，把酒杯碰得咣一声响，然后同时仰着脖子往下灌，咕噜咕噜地灌下去，点头咂嘴，踌躇满志。为何要碰那一下呢？这又是国外的规矩。据说相当古的时候，而人心已不古，于揖让酬应之间，就许在酒杯里下毒药，所以主人为表明心迹起见，不得不和客人喝个交杯酒，交杯之际，咣的一声是难免的。到后来，去古日远，而人心反倒古起来，酒杯里下毒的事渐不多见，主客对饮只须做交杯状，听那咣当一响，便可以大胆放心地喝酒了。碰杯之起源，大概如此。在安全第一的原则下，喝交杯酒也是无可厚非的。如果碰一下杯，能令我们警惕戒惧，不致忘记了以酒肉相饷的人同时也有投毒的可能，而同时酒杯质料相当坚牢不致磕裂碰碎，那么，碰杯的风俗也不能说是一定要不得。

大概风俗习惯，总是慢慢养成，所以能在社会通行。如果生吞活剥地把外国的风俗习惯移植到我们的社会里来，则必窒碍难行，其故在不服水土。讲到这里我也有一个具体而且极端的例子——

四月一日，打开报纸一看，皇皇启事一则如下："某某某与某某某今得某某某与某某某先生之介绍及双方家长之同意，定于四月一日在某某处行结婚礼，国难期间一切从简，特此敬告诸亲友。"结婚只是两男女之间的事，对别人无关，而别人偏偏最感兴趣。启示一出，好事者奔走相告，更好事者议论纷纷，尤好事者拍电致贺。

四月二日报纸上有更皇皇的启事如下："某某某启事，昨日为西俗愚人节，友人某某某先生遂假借名义，代登结婚启事一则以资戏弄，此事概属乌有，诚恐淆乱听闻，特此郑重声明。"好事者嗒然若丧，更好事者引为谈助，尤好事者则去翻查百科全书，寻找愚人节之起源。

四月一日为愚人节，西人相绐以为乐。其是否为陋俗，我们管不着，其是否把终身大事也划在相绐的范围之内，我们亦不得知。我只觉得这种风俗习惯，在我们这个国度里，似嫌不合国情。我觉得我们几乎天天在过愚人节。舞文弄墨之辈，专作欺人之谈，且按下不表，单说市井习见之事，即可见我们平日颇不缺乏相绐之乐。有些店铺高高悬起"言无二价""童叟无欺"的招牌，这就是反映着一般的诳价欺骗的现象。凡是约期取件的商店，如成衣店、洗衣店、照相馆之类的，因爽约而使我们徒劳往返的事是很平常的，然对外国人则不然，与外国人约甚少爽约之事。我想这原因大概就是外国人只有在四月一号那天才肯以相绐为乐，而在我们则一年三百六十五天，随便哪一天都无妨定为愚人节。

愚人节的风俗，在我个人，并不觉得生疏，我不幸从小就进洋习甚深的学校，到四月一日总有人伪造文书诈欺取乐，而受愚者亦不以为忤。现在年事稍长，看破骗局甚多，更觉谑浪取笑无伤大雅。不过一定要仿西人所为，在四月一号这一天把说谎普遍化、合理化，而同时在其余的三百六十多天又并不仿西人所为，仍然随时随地地言而无信互相欺诈，我终觉得大可不必。

外国的风俗永远是有趣的，因为异国情调总是新奇的居多。新奇就有趣。不过若把异国情调生吞活剥地搬到自己家里来，身体力行，则新奇往往变成为桎梏，有趣往往变成为肉麻。基于这种道理，很有些人至今喝茶并不加白糖与牛奶。

包装

36

有一位青年才俊海外归来讲学，我问他专攻的是哪一门学问，他说他专门研究的是香蕉的包装——如何使香蕉在运输中不至于腐烂得太快。

＊　　＊　　＊　　＊　　＊

＊　　＊　　＊　　＊　　＊

佛要金装，人要衣装，货要包装。

我们的国货，在包装方面，常常走极端：不是非常的考究精美，便是非常的简陋粗糙。

以文具来说，从前文人日常使用的墨，包装常很出色。除了论斤发售的普通墨之外，稍微好一点的墨或用漆盒，上题金字，或用锦匣，内有层层夹盖，下有铺棉绫垫，真像是"革匦十重，缇巾十袭"的样子，其中固然有些是贡品，但有些也只属于平民馈赠的性质。

至于名人字画之类，更是黄绢密裹，置于楠檀的匣柜之中，望之俨然。上选的印泥，所谓十珍印色，也无不有个小小的蓝花白瓷盒，往往再加上一个书函形的小锦盒，十分的乖巧。这些属于文人雅士，难怪包装也自脱俗。从前日常生活所需的货品，不足以语此。

从前包花生米，照例是用报纸；买油条，也照例是用一块纸一裹；甚至买块豆腐，湿漉漉软趴趴的，也是用块报纸一托。废报纸的用处实在太广。记得在北平户部街月盛斋，我看见一位雍容华贵的中年妇人进去买酱羊肉一大方，新出锅的，滴沥搭拉的，伙计用报纸一包了事，顾客请他多用两张报纸包裹，伙计怫然不悦。顾客说愿付钱买他两张报纸，伙计说："我们不卖报纸。"结果不欢而散。酱羊肉就是再好，在包装方面这样的不负责，恐怕也要令人裹足不前了。有一种红豆纸，也许比报纸略胜一筹，虽然是暗暗的血红色，摸上去疙瘩噜苏的。这种红豆纸，包盒子菜，卷作圆锥形，也包炸三角肉火烧。再就是草纸，名副其实的草纸，因为有时候上面还沾着好几朵蒲公英的花絮。这种草纸用处可大了，炒栗子、白糖、杂拌儿、鸡鸭蛋，凡是干果子铺杂货店发售的东西，什九都是用草纸包裹。包东西的草纸，用过之后还有用，比厕筹好得多。除了草纸以外，菜叶子也派用场。刚出笼的包子，现宰的猪牛肉，都是用叶子或是什么芋头叶之类的东西包裹。菱角鸡头米什么的当然用荷叶了。

满汉细点，若是买上三五斤的大八件小八件之类送人，他们会给你装一个小木匣，薄木片勉强合缝，上面有个抽拉而不顺溜的盖子，涂上一层红颜色，但是遮不住没有刨光的木头碴，那样子颇像"狗碰头"似的一具薄棺，状既不雅，捧起来又沉甸甸。可是少买一点，打一个蒲包，情形就不同了。蒲包实在很巧妙，朴素但是不俗，早已被淘汰，可是我还很怀念它。蒲是一种水草。《诗经》"其蔌维何？维笋及蒲"，蒲叶用途多端，如蒲衣、蒲轮、蒲团、蒲鞭。蒲包,则是以蒲叶编织成疏疏的圆形网状,晒干压平待用。用时,在蒲网上铺一大张草纸,再敷一长绵纸,把点心摆在上面,然后像信封似的把蒲网连同草纸四角折起,用麻茎一捆,上面盖上一张红门票,既不压分量,样子也好看,连打糖锣儿的小儿玩物里,都有装小炸食的迷你蒲包儿。不知道现在大家为什么不再用蒲包了。

茶叶是我们内销外销的大宗货,可是包裹实在太差劲了。首先,内销的货不需要写上外国文字,外销的货不可以随便乱写洋泾浜的英文。早先的茶叶罐大部分使用的铅铁筒,并不严丝合缝;有时候又过于严丝合缝,若不是"两膀我有千钧力"还很不容易扭旋开。罐上通常印上一段广告,最后一句照例是"请尝试之方知余言不谬也"。一般而论,如今的茶叶罐的外表比从前好,但亦好不了多少,不论内销外销几乎一律加上英文字样,而且那英文不时地令人啼笑皆非。有人干脆大书 Best Tea 二字,在品尝之后只能说他是大言不惭。至于色彩,则我们最擅长的大红大绿五颜六色一齐堆了上去,管他调和不调和,刺不刺目,先来个热闹再说。有时候无端地画上一个额大如斗的南极老人,再不就是福禄寿三仙、刘海撒金钱。如果肯画上什么花开富贵、三阳开泰,那就算是近于艺术了。

日本人很善于包装,无论食品、用品在包装方面常能给人以清新之感,色彩图案往往是极为淡雅。虽然他们的军人穷凶极恶,兽性十足;虽然他们的文官篡改史实,恬不知耻,他们在日常生活用品上所投下的艺术趣味之令人赞赏是无可争辩的。日本并不以产茶闻名，但是他们的茶叶包装精巧美观。他们做的点心饼干之类并不味美，但是包装考究。他们一切物品的包装纸，都是经过精心设计的。该诅咒的我们诅咒，该赞赏的我们不能不赞赏。

有一位青年才俊海外归来讲学，我问他专攻的是哪一门学问，他说他专门研究的是香蕉的包装——如何使香蕉在运输中不至于腐烂得太快。我问他有何妙法，他说放弃传统的竹篓，改用特制的纸箱。他说得有理，确是一大改进，高明高明。

吃相

37

人生贵适意,在环境许可的时候是不妨稍为放肆一点。吃饭而能充分享受,没有什么太多礼法的约束,细嚼慢咽,或风卷残云,均无不可。

※　　※　　※　　※　　※

※　　※　　※　　※　　※

一位外国朋友告诉我，他旅游西南某地的时候，偶于餐馆进食，忽闻壁板砰砰作响，其声清脆，密集如连珠炮，向人打听才知道是邻座食客正在大啖其糖醋排骨。这一道菜是这餐馆的拿手菜，顾客欣赏这个美味之余，顺嘴把骨头往旁边喷吐，你也吐，我也吐，所以把壁板打得叮叮当当响。不但顾客为之快意，店主人听了也觉得脸上光彩，认为这是大家为他捧场。这位外国朋友问我这是不是国内各地普遍的风俗，我告诉他我走过十几省还不曾遇见过这样的场面，而且当场若无壁板设备，或是顾客嘴部筋肉不够发达，此种盛况即不易发生。可是我心中暗想，天下之大，无奇不有，这样的事恐怕亦不无发生的可能。

《礼记》有"毋啮骨"之诫，大概包括啃骨头的举动在内。糖醋排骨的肉与骨是比较容易脱离的，大块的骨头上所连带着的肉若是用牙齿咬断下来，那龇牙咧嘴的样子便觉不大雅观。所以"割不正不食""席不正不食"都是对于在桌面上进膳的人而言，啃骨应该是桌底下另外一种动物所做的事。不要以为我们一部分人把排骨吐得噼啪响便断定我们的吃相不佳。各地有各地的风俗习惯。世界上至今还有不少地方是用手抓食的。听说他们是用右手取食，左手则专供做另一种肮脏的事，不可混用，可见也还注重清洁。我不知道像咖喱鸡饭一类黏糊糊的东西如何用手指往嘴里送。用手取食，原是古已有之的老法。罗马皇帝尼禄大宴群臣，他从一只硕大无比的烤鹅身上扯下一条大腿，手举着鼓槌，歪着脖子啃而食之，那副贪婪无厌的饕餮相我们可于想象中得之。罗马的光荣不过尔尔，等而下之不必论了。欧洲中古时代，餐桌上的刀叉是奢侈品，从十一世纪到十五世纪不曾被普遍使用，有些人自备刀叉随身携带，这种作风一直延至十八世纪还偶尔可见，据说在酷嗜通心粉的国度里，市廛道旁随处都有贩卖通心粉（与不通心粉）的摊子，食客都是伸出右手像是五股钢叉一般把粉条一卷就送到口里，干净利落。

不要耻笑西方风俗鄙陋，我们泱泱大国自古以来也是双手万能。《礼记》："共饭不泽手。"吕氏注曰："不泽手者，古之饭者以手，与人共饭，摩手而有汗泽，人将恶之而难言。"饭前把手洗洗揩揩也就是了。樊哙把一块生猪肘子放在铁楯上拔剑而啖之，那是鸿门宴上的精彩节目，可是那个吃相也就很可观了。我们不愿意在餐桌上挥刀舞叉，我们的吃饭工具主要的是筷子，筷子即箸，古称"饭攲"。细细的两根竹筷，搦在手上，运动自如，能戳、能夹、能撮、能扒，神乎其技。不过我们至今也还有用手进食的地方，像从兰州到新疆，"抓饭""抓肉"都是很驰名的。我们即使运用筷子，也不能不有相当的约束，若是频频夹取如金鸡乱点头，或挑肥拣瘦地在盘碗里翻翻弄弄如拨草寻蛇，就不雅观。

　　餐桌礼仪，中西都有一套。外国的餐前祈祷，兰姆的描写可谓淋漓尽致。家长在那里低头闭眼口中念念有词，孩子们很少不在那里做鬼脸的。我们幸而极少宗教观念，小时候不敢在碗里留下饭粒，是怕长大了娶麻子媳妇，不敢把饭粒落在地上，是怕天打雷劈。喝汤而不准吮吸出声是外国规矩，我想这规矩不算太苛，因为外国的汤盆很浅，好像都是狐狸请鸳鸯吃饭时所使用的器皿，一盆汤端到桌上不可能是烫嘴热的，慢一点灌进嘴里去就可以不至于出声。若是喝一口我们的所谓"天下第一菜"口蘑锅巴汤而不出一点声音，岂不强人所难？从前我在北方家居，邻户是一个治安机关，隔着一堵墙，墙那边经常有几十口子在院子里进膳，我可以清晰地听到"呼噜，呼噜，呼——噜"的声响，然后是"咔嚓"一声。他们是在吃炸酱面，于猛吸面条之后咬一口生蒜瓣。

　　餐桌的礼仪要重视，不要太重视。外国人吃饭不但要席正，而且挺直腰板，把食物送到嘴边。我们"食不厌精，脍不厌细"，要维持那种姿势便不容易。我见过一位女士，她的嘴并不比一般人小多少，但是她喝汤的时候真能把上下唇撮成一颗樱桃那样大，然后以匙尖触到口边徐徐吮饮。这和把整个调羹送到嘴里面去的人比较起来，又近于矫枉过正了。人生贵适意，在环境许可的时候是不妨稍为放肆一点。吃饭而能充分享受，没有什么太多礼法的约束，细嚼慢咽，或风卷残云，均无不可。吃的时候怡然自得，吃完之后抹抹嘴鼓腹而游，像这样的乐事并不常见。我看见过两次真正痛快淋漓的吃，印象至今犹新。一次在北京的"灶温"，那是一爿道地的北京小吃馆。棉帘启处，进来了一位赶车的，即是赶轿车的车夫，辫子盘在额上，衣襟掀起塞在褡布底下，大摇大摆，手里托着菜叶裹着的生猪肉一块，提着一根马兰系着的一撮韭黄，把食物往柜台上一拍："掌柜的，烙一斤饼！再来一碗炖肉！"等一下，肉丝炒韭黄端上来了，两张家常饼一碗炖肉也端上来了。他把菜肴分为两份，一份倒在一张饼上，把饼一卷，比拳头要粗，两手扶着矗立在盘子上，张开血盆巨口，左一口，右一口，中间一口！不大的工夫，一张饼下肚，又一张也不见了，直吃得他青筋暴露满脸大汗，挺起腰身连打两个大饱嗝。又一次，我在青岛寓所的后山坡上看见一群石匠在凿山造房，晌午歇工，有人送饭，打开笼屉热气腾腾，里面是半尺来长的发面蒸饺，工人蜂拥而上，每人拍拍手掌便抓起饺子来咬，饺子里面露出绿韭菜馅。又有人挑来一桶开水，上面漂着一个瓢，一个个红光满面围着桶舀水吃。这时候又有挑着大葱的小贩赶来兜售那像甘蔗一般粗细的大葱，登时又人手一截，像是饭后进水果一般。上面这两个景象，我久久不能忘，他们都是自食其力的人，心里坦荡荡的，饿来吃饭，取其充腹，管什么吃相！

幸灾乐祸 ㊳

灾难如果发生在我们的敌人头上,我们很难不幸灾乐祸。

* * * * *

* * * * *

有人问"幸灾乐祸"一语,如何英译。英语中好像没有现成的字词可用,只好累赘一些译其大意。德文里有一个字,schaden freud,似尚妥切。schaden,是灾祸,freud 是乐,看到别人的灾祸而引以为乐。

"幸灾乐祸"一语出自《左传·僖公十四年》"背施无亲,幸灾不仁"及《庄公二十年》"歌舞不倦,乐祸也"。原说的是国与国之间的关系,现在人与人之间也常使用这个成语,表示同情心之缺乏,甚至冷酷自私的态度。

其实,幸灾乐祸不一定是某个人品行上的缺点,实在是人性某方面的通性之一。人在内心上很少不幸灾乐祸的。有人明白地表示了出来,有人把它藏在心里,秘而不宣,有人很快地消除这种心理,进而表示出悲天悯人慷慨大方的态度。

最近报上有这样一段新闻:

……违建户大火,烈焰映红了半边天,也映出了两种截然不同的心态。

在火场邻近的屋顶上,挤满了人。左边的消防人员手拿送水带,卖力地想要将火尽速扑灭。一名队员还从屋顶上摔下来,幸而只受轻伤。

右边的一群人却"隔岸观火",有几个还悠闲地蹲坐下来。别人的灾难竟被他们当成热闹好戏。

旁边附刊了照片,可惜模糊了一点,没有显示出那几位"悠闲地蹲坐下来"的先生们的面目。祝融为虐,照例有人看热闹,除非那一火起自或烧到你自己的家宅,那时候那一场热闹就只好留给别人看。不过我有一点疑问:假使离府上相当远的地方发生火警,不论是违章建筑还是高楼大厦,浓烟直冒,火舌四伸,消防队的救火车纷纷到来施救,居民忙着抢搬家私,现场一片混乱,这时节,你怎么办?当然你不会去趁火打劫,你也不会若无其事地闭门家中坐。你是否要提着一铅铁桶水前去帮着施救呢?你不会这样做,人家也不准你这样做,这样做只有越帮越忙,而且无济于事。遇到此等事,只好交给消防队去处理,闲杂人等请站开。站开了看是可以,爬到屋顶上看也可以,如果你不怕摔下来。千万不可站累了蹲下来坐着看,因为蹲坐表示"悠闲",人家有灾难,你怎么可以悠闲看热闹?悠闲地看热闹便至少有隔岸观火之嫌。如果你心里想"这火势怎么这样小",或"这场火怎么这样就扑灭了",那你就是十足的幸灾乐祸了。

我看过几场大火。第一次是在民元，北京兵变火烧东安市场。市场离我家不远，隔一条大街，火势映红了半边天，那时候我还小，童子何知，躬逢巨劫。我当时只觉得恐怖，只觉得那么多好吃好玩的物资付之一炬，太可惜了。第二次看到大火是在重庆遭遇五四大轰炸，我逃难到海棠溪沙洲上，坐卧在沙滩上仰观重庆闹区火光冲天，还听得一阵阵爆竹响（因为房屋多为竹制），真个地是隔岸观火，心里充满了悲愤。又一次观火是在北碚的一个夏天，晚饭后照例搬出两张沙发放在门前平台上，啜茗乘凉。忽然看见对面半山腰上有房屋起火，先是一缕炊烟似的慢慢升起，俄而变成黑黑的一股烽燧狼烟，终乃演成焰焰大火。我坐下来，一面品茗，一面隔着一个山谷观火。非观不可，难道闭起眼睛非礼勿视？而且非悠闲不可，难道要顿足太息，或是双手合十，口呼："善哉！善哉！"

有时候听说舟车飞机发生意外，多人殉亡，而自己阴差阳错偏偏临时因故改变行程，没有参加那一班要命的行旅，不免私下庆幸。这不是幸灾乐祸，对于那些在劫难逃的人，纵不恫伤，至少总有一些同情。对于自己的侥幸，当然大为高兴，但是这一团高兴并非建立在别人的痛苦之上。法国十七世纪的作家拉罗什富科的《箴言集》里有这样的一句名言："在我们的至交的灾难中，我们会发现一点点并不使我们不高兴的东西。"这一点点并不使我们不高兴的东西，就是我们才说到的那种侥幸心理吧？

灾难如果发生在我们的敌人头上，我们很难不幸灾乐祸。

一九四五年两颗原子弹投落在广岛、长崎，造成很大的伤害，当时饱尝日寇荼毒的我国民众几乎没有不欢欣鼓舞的，认为那是天公地道的膺惩。想想日军在南京的大屠杀，在珍珠港的偷袭，他们不该付出一点代价吗？此之谓自作孽，不可活。也许有人以为我们应该如曾子所说的"哀矜而勿喜"，可是那种修养是很难得的。

图书在版编目（CIP）数据

快乐就是哈哈哈哈哈 / 梁实秋著. -- 北京：中国友谊出版公司, 2022.8（2024.3重印）
ISBN 978-7-5057-5494-2

Ⅰ.①快… Ⅱ.①梁… Ⅲ.①散文集 – 中国 – 现代 Ⅳ.①I266

中国版本图书馆CIP数据核字（2022）第112167号

书名	快乐就是哈哈哈哈哈
作者	梁实秋
出版	中国友谊出版公司
发行	中国友谊出版公司
经销	北京时代华语国际传媒股份有限公司　010-83670231
印刷	唐山富达印务有限公司
规格	880毫米×1230毫米　32开 7印张　150千字
版次	2022年8月第1版
印次	2024年3月第10次印刷
书号	ISBN 978-7-5057-5494-2
定价	52.00元
地址	北京市朝阳区西坝河南里17号楼
邮编	100028
电话	（010）64678009